少年陰陽師

焔《ほのお》の刃《やいば》を研ぎ澄ませ

結城光流

13036

角川ビーンズ文庫

少年陰陽師

焔《ほのお》の刃《やいば》を研ぎ澄ませ

登場人物紹介

惑いの中で心待つ夜明けの図

彰子（あきこ）

左大臣道長の一の姫。強い霊力をもつ。わけあって、安倍家に半永久的に滞在中。

昌浩（安倍昌浩）

十三歳の半人前陰陽師。父は安倍吉昌、母は露樹。キライな言葉は「あの晴明の孫!?」。

もっくん（物の怪）

昌浩の良き相棒。カワイイ顔して、口は悪いし態度もデカイ。窮地に陥ると本性を現す。

六合（りくごう）
十二神将のひとり。寡黙な木将。
紅蓮（ぐれん）
十二神将のひとり、騰蛇《とうだ》。『もっくん』に変化し昌浩につく。
じい様（安倍晴明）
大陰陽師。離魂の術で二十代の姿をとることも。
風音（かざね）
晴明の命を狙う、謎の女術者。

玄武(げんぶ)
十二神将のひとり。
青龍(せいりゅう)
十二神将のひとり。
昔から紅蓮を敵視している。
太陰(たいいん)
十二神将のひとり。
勾陣(こうちん)
十二神将のひとり。
凶将。
朱雀(すざく)
十二神将のひとり。
天一の恋人。
天一(てんいつ)
十二神将のひとり。
愛称は天貴。
イラスト／あさぎ桜

1

それは、いままで感じたことのないおぞましい気配だった。

「……なに……？」

か細い声で呟《つぶや》いて、彼女は身をすくませた。

怯《おび》えた瞳《ひとみ》がうるんで、大きく揺《ゆ》れた。全身がかたかたと震《ふる》えて、手足の先が驚《おどろ》くほど冷たくなっていく。心臓が早鐘《はやがね》を打ち、せわしない呼吸を繰《く》り返す。

ばさりと羽ばたく音がした。

彼女ははっと顔をあげた。

舞《ま》い降りたのは、漆黒《しっこく》の両翼《りょうよく》を広げた鴉《からす》だ。

「かい…」

涙声《なみだごえ》でその名を呼んで、震えの止まらない手をのばす。

鬼《かい》はその手におとなしく包まれると、唸《うな》るような低い声を発した。

『姫《ひめ》、落ち着かれよ』

「かあさまは？　かあさまはどこ？」

気がついたとき、既《すで》に母の姿はなかった。

自分を置いてこんなに長い時間どこかへ行ってしまうことなど、いままで一度としてなかったのに。

ねっとりと絡《から》みついてくる瘴気《しょうき》が漂《ただよ》って、彼女の足元にのびてくる。

息を詰《つ》めて怯える幼い少女を守って、鴉は両翼をばさりと広げた。

羽ばたきで瘴気を払《はら》い、鴉は忌々《いまいま》しげに吐《は》き捨てる。

『己《おの》れ…！』

大蜥蜴《おおとかげ》を急使に立て、彼らの主《あるじ》道反《ちがえし》の巫女《みこ》は、人間の青年安倍晴明《あべのせいめい》に助力を請《こ》うた。

道反の封印《ふういん》を、封印の要《かなめ》である千引磐《ちびきのいわ》を破り、根の国と現世とをつなげて黄泉《よみ》の屍鬼《しき》を地上に解放せんと欲する者がいる。その者の野望を打ち砕《くだ》き、封印を守るために力を貸してほしいと。

だが、道反の巫女はいずこかへ姿を消し、晴明の力及《およ》ばずこの聖域にまで瘴気が漂い始めている。

「かい…これはなに？　かあさまは…、っ！」

少女が息を呑《の》んだ。

鴉を両の腕《うで》でひしと抱《だ》きしめてふらふらと彷徨《さまよ》う彼女の前に、それまで一度も見たことのない姿の異形が出現したのだ。

「っ…！」

悲鳴が喉《のど》の奥で絡まって出てこない。

足が恐怖《きょうふ》で根を生やし、その場から一歩も動けなくなる。

ずるずると接近してくる異形の前で、彼女はただ立ち尽《つ》くした。

「…か…さま…」

巨大《きょだい》な山椒魚《さんしょううお》に酷似《こくじ》した異形は、まっすぐ少女を見据《みす》えて歩みを進める。

少女は堪《こら》えきれずに目を閉じた。抱きしめた鴉があたたかい。その黒い羽に、閉じた瞼《まぶた》の間からこぼれた涙が弾《はじ》かれて滑《すべ》り落ちる。

べしゃりと、重く湿《しめ》ったものが地を叩《たた》く音がした。刹那《せつな》。

『失《う》せよ、外道――――!』

重々しい一喝《いっかつ》が響《ひび》き、絶叫《ぜっきょう》とともに化け物が消失する。

少女は息を詰め、振《ふ》り仰《あお》いだ。

背後に小山のような影《かげ》があった。剛毛《ごうもう》にびっしりと覆《おお》われた八本の足、爛々《らんらん》と輝《かがや》く瞳、口元に具《そな》わった鋭《するど》い牙《きば》。

安堵《あんど》が胸に広がって、少女はほうと息を吐き出す。

大蜘蛛《おおぐも》は前足を折った。

『……姫よ、巫女はいずこに』

「わからない、わからない」

涙声で答える少女に双眸《そうぼう》で応じ、大蜘蛛は鴉に視線を移した。

『姫を』

大蜘蛛はそのまま身を翻《ひるがえ》す。

それを見送った少女はかくりとその場に膝《ひざ》をついた。腕の力がゆるんだのを受けて、鴉は少女の肩《かた》に移動する。

「かあさまは、どこなの…？」

ここにいるのは、母と自分のふたりだけだ。あとは、さきの大蜘蛛や百足《むかで》、蜥蜴などの守護妖《よう》と、彼女を気遣《きづか》う鴉の鬼。

彼女の父は、姿を見せたことがない。だが、いつも近くにいるのだと教えられ、彼女もまたその存在を近くに感じてきた。

ねっとりとした瘴気は徐々《じょじょ》に強くなっていく。

ふいに、彼女を誘《いざな》うかすかな呼号が、鼓膜《こまく》をかすめた気がした。

「………？」

呼んでいる。抗《あらが》いがたい声が。少女は固唾《かたず》を呑んだ。

そろそろと立ち上がり、瘴気の漂ってくるほうに向かう。そこは、いまだ足を踏《ふ》み入れたことのない、外界につながる路《みち》だ。

ごつごつとした岩肌《いわはだ》に手をついて暗い隧道《ずいどう》を進んでいくと、足首に絡みつくほどに強い瘴気が漂っているのがわかった。

『……姫、戻《もど》れ』

警戒《けいかい》した嵬が低く唸る。少女は声もなく目を見開いた。

瘴気の向こうに、ゆらりとうごめく影がある。

その影が、にたりと笑った。

枯《か》れ木のような手がのびてくる。

嵬が飛び上がり、翼《つばさ》を広げて威嚇《いかく》した。

『寄るな！』

羽ばたきとともに生じた烈風《れっぷう》が瘴気を吹《ふ》き払う。が、闇《やみ》をまとった影は応《こた》えたふうもなく立ちはだかり、のばした手で嵬を打ち落とす。

そして、恐怖で身動きひとつできない少女の細首を無造作に捉《とら》えた。

恐《おそ》ろしい二対の輝きが、少女を凝視《ぎょうし》する。

「…………！」

彼女は声にならない悲鳴を上げた。


呼ばれたような気がして、巫女は後ろを振り返った。

どこまでも広がる雪原が視界を埋《う》め尽くしている。

「待って、待ってください。お願い、もう…」

自分の腕を摑《つか》んで離《はな》さない男に懇願《こんがん》し、彼女は必死で束縛《そくばく》を振りほどく。

払われた男は、傷ついた目で巫女を見返した。

「私は、あの地を離れることはできません。この身に課せられた役目を違《たが》えることは」

「なぜだ…」

「巫女よ！」

いいえ、と巫女は首を振った。雪まじりの風が華奢《きやしや》な肩を叩く。

「岦斎殿、あなたは間違っている。人の心を力で従わせることはできない」

一歩、足を引いて、巫女は痛ましげに顔を歪《ゆが》ませた。腰《こし》に届く長い黒髪《くろかみ》が、風に煽《あお》られて翻る。

岦斎の心が音を立てて凍《こお》りつくのがわかる。

巫女は岦斎をじっと見返した。

彼はいま、何かに取り憑《つ》かれている。でなければ、こんな無謀《むぼう》な行動に出るはずがない。最初に晴明とともに聖域を訪《おとず》れたとき、彼は穏《おだ》やかな目をしていた。こんな狂気《きようき》は、どこにも見受けられなかったのだ。

焦燥《しようそう》が胸の中で大きく膨《ふく》れ上がっている。

自分は、道反の封印を未来永劫《えいごう》守っていくさだめを負った唯一《ゆいいつ》の存在だ。神界と人界の狭間《はざま》とも言うべきかの聖域から離れたことは、これまで一度もなかった。

道反の封印とは、聖域の最奥《さいおう》に据えられた巨大な巌《いわお》、千引磐だ。

千引磐は道反大神《ちがえしのおおかみ》の具現であり、また神通力の依《よ》り代《しろ》である。

彼女は、道反大神に仕える巫女であり、物言わぬ道反大神の代言者であり、妻である。主であり夫である道反大神の御許《みもと》を離れることは、許されない。そして、彼女自身もそれを望みはしないのだ。

しかし岦斎は、狂気の混じる血走った目で巫女を射すくめた。

「嘘《うそ》だ、あなたは嘘をついている」

「嘘ではありません、私は」

巫女の言葉を遮《さえぎ》って、どこかが狂《くる》っている口調で岦斎は訴《うった》える。

「いいや、それはあなたの本心ではない。私はそう教えられたのだ。私はこの地上の王となろう。神よりも高みに登る。天すらいただく王になろうとも」

神に匹敵《ひってき》する地位につけば、地上の王となれば、巫女はお前を振り返るであろうと。

岦斎は智鋪《ちしき》の宮司《ぐうじ》に教えられたのだ。

巫女は青ざめた。

「なんということを…」

人の身でありながら、天をいただく王座を望み、神より上位に就《つ》くというのか。

そんなことはありえない。人の身で望んでよいことではない。望んではならない。

身を引く巫女に、岦斎はじりじりと詰め寄っていく。

「あなたは外に出たかったのだ。未来永劫、あんな異界に閉じ込められて、まるで責め苦のような役割をその身に課せられた。それから逃《に》げたかったのだ。私はそれを感じた、だから」

「いいえ、いいえ」

巫女《みこ》は必死で反論した。

「私はあの方の妻です。その心だけが真実。わかってください岦斎殿、あなたがどれほど私に心を向けてくれているのだとしても、私がそれに応えることはないのです」

泣き顔にも似た顔を振り、彼女は両手で顔を覆った。

ああ、戻らなければ。あの子の身が気がかりです。私はあの地を離れてはいけないのに。

ここはいったいどこなのか。

巫女は外界に出たことがない。いま彼らがいる場所がどこなのかもわからない。

どこかの山中なのだろう。一面の銀世界。ただそれだけしか色がない。

空は厚い雲に覆われて、ちらちらと雪が舞《ま》っている。風はただ冷たく、この身を刺《さ》すように吹きつける。凍《い》てつく寒さ。体だけでなく、心まで凍りついてしまいそうなほどに。

「お願いです、私を聖域に帰してください。このままでは恐ろしいことになる」

焦燥と確信めいた不安が胸を締《し》めつける。急がなければならないと、警告が頭の中で鳴り響いていた。

もときた道を引き返そうとした巫女の腕《うで》を、岦斎は摑んだ。

「恐ろしいことなど、ない。あなたがこの腕から逃《のが》れることより恐ろしいことなど、ありはしない」

「お離しを、岦斎殿……！」

悲鳴のような声で巫女は叫《さけ》んだ。

その瞬間《しゅんかん》、岦斎と巫女を凄《すき》まじい衝撃《しょうげき》が襲《おそ》った。跳《は》ね上がった雪煙《ゆきけむり》で、周囲が白闇《びゃくあん》に覆われる。

「なん…っ！」

岦斎は撥《は》ね飛ばされ雪上を転がった。もとの場所より数丈《すうじょう》離れて、雪まみれになりながら必死で立ち上がる。

「いまのは…、巫女？」

雪煙が風に押し流され視界が開けた。

離れた場所に陥没《かんぼつ》が生じていた。先の衝撃で無理やりに穿《うが》たれた穴だ。

「巫女、巫女よ！　どこに…！」

岦斎は懸命《けんめい》に巫女の姿を捜《さが》した。

よもや雪に埋もれてしまったのか。あるいはこの坂を転げ落ちてしまったのではないか。

長い長いときを捜しつづけ、しかし巫女はどこにもいない。

「どこへ…！」

かすれたうめきに、低い低いささやきが重なった。

『……逃げたのだ』

岦斎ははっとした。

「宮司…？」

茫然《ぼうぜん》と呟《つぶや》いてから、いいや、と岦斎は首を振《ふ》った。

千引磐《ちびきのいわ》を砕《くだ》いて黄泉《よみ》の封印《ふういん》をとこうとしていた智鋪の宮司は、彼の友人安倍晴明の手で抹殺《まっさつ》されたはずだった。

晴明によって追い詰《つ》められた宮司は切り立った崖《がけ》から転落したのだ。亡骸《なきがら》は確認《かくにん》していないが、あの高さから落ちて、生きているはずがない。

ならば、この声は宮司の最期《さいご》の念か。

混乱しながら考えをまとめようとする岦斎の耳に、宮司のささやきは絶え間なく忍《しの》び込む。

『地上を統《す》べる王になれなかったゆえに。天すらいただく王になれなかったがゆえに。巫女はお前の手を取らなかったのだ。そして、もうお前の許《もと》には戻らない。——永遠に』

岦斎の顔が歪む。

「違う！　違うと、巫女は…！」

『ならばなぜ、巫女は消えた？』

鋭《するど》い指摘《してき》に、岦斎は愕然《がくぜん》とした。

——そうだ。すべては逃れるための偽《いつわ》りだったのではないか。

彼女のつむいだ言葉のすべては、偽りで塗《ぬ》り固められ、真実は虚言《きょげん》の陰《かげ》に隠《かく》された。

岦斎の心は余裕《よゆう》を失っていた。冷静に考えれば智鋪の言は矛盾《むじゅん》だらけだというのに、彼はそのことに気づけなかった。

『憐《あわ》れなり、榎《えのき》岦斎。もはやお前には、何も残されていない』
立ちすくむ彼の耳に、呪《のろ》いにも似たささやきが突《つ》き刺さる。
『だが、お前が望むのであれば、類稀《たぐいまれ》なる力を与《あた》えよう……』
凍てついた岦斎の眼《め》に、残虐《ざんぎゃく》な狂気が宿った。

◆　◆　◆

2

——まーさっ、ひーろっ。まーさひーろくんっ。……こら、昌浩《まさひろ》や、こっち向け

懐《なつ》かしい声が、耳の奥で弾《はじ》けて消えた。

高龗神《たかおかみのかみ》の厳《おごそ》かで冷たい言葉が、聖なる貴船《きふね》の闇《やみ》に木霊《こだま》する。

「騰蛇《とうだ》の魂《たましい》は、十二神将最強の通力を有している。異形に変貌《へんぼう》すればそれは、かつてないほど恐《おそ》ろしくおぞましい化け物となろう」

過日貴船に侵入《しんにゅう》した化け物よりも。遥《はる》かに恐ろしいものに。

「奴《やつ》の魂は縛魂《ばくこん》の術に搦《から》めとられたまま、瘴気《しょうき》に呑《の》まれている。だが、死ねばその魂自体が消えていく」

そして、魂が完全に消えた瞬間、異界に新たな命が誕生するのだ。人々の心が思い描《えが》く姿を取って。

神の凛《りん》とした声が響《ひび》く中、昌浩は手のひらを握《にぎ》り締めたまま立ちすくんでいた。

目覚めたあと、車之輔《くるまのすけ》に頼《たの》んで連れてきてもらった貴船の本宮《ほんみや》。

真実を問いただす昌浩に、己《おの》れの知るすべてを伝えた高龗神は、予想もしていなかった重い選択《せんたく》を投げかけた。

騰蛇は戻らない。そして騰蛇の血は黄泉の封印をとくための鍵《かぎ》。

封印を守るために騰蛇を殺すか、何もできずに黄泉の軍勢が人間を滅《ほろ》ぼすのを見ているか。

黄泉の瘴気に呑まれた騰蛇の魂は、昌浩の知る「紅蓮《ぐれん》」は、もはや還《かえ》らない。

その事実を突きつけた上で、高淤《たかお》の神は選択を迫《せま》った。

十四の少年が背負うには、あまりにも重過ぎる運命の選択を。

――決めていた。

ずっとずっと決めていた。

それは最初の誓《ちか》いだった。なのに。

「……俺は……！」

握り締めた手のひらに爪《つめ》が食い込んで、裂《さ》けた皮膚《ひふ》から血が滴《したた》り落ちて。

全身を打ち据《す》える貴船の風は痛いほどに冷たく。

「…………！」

声が、出なかった。

決めていた。

誰《だれ》にも負けない、誰も何も犠牲《ぎせい》にしない、最高の陰陽師《おんみようじ》になると。

昌浩がそう誓ったから、物の怪《もののけ》は笑った。

——その言葉、もらった
あの日が、もう随分《ずいぶん》昔のようだ。

その誓いは常に胸の中にある。そして物の怪は、——紅蓮は、昌浩がその誓いを違《たが》えぬように、ずっと力を貸してくれていた。

守って、くれていた。

ずきりと、腹部の傷が痛んだ。

その痛みが、辛《つら》い情景を脳裏に呼び起こす。

そして、逃《のが》れられない選択を、昌浩に突きつけてくる。

「——人の子よ」

穏《おだ》やかで静かで、それゆえに残酷《ざんこく》な声が聞こえた。

昌浩は何かを言おうと口を開いた。だが、やはり言葉が出てこない。

喉《のど》の奥で声が絡《から》まっている。音になるのを拒絶《きょぜつ》して、消えていく。

呼吸だけが激しくなり、心臓が早鐘《はやがね》を打っている。

船形岩の上に片膝《かたひざ》を立てて座したまま、祭神である高龗神は、瞬《まばた》きもせずに昌浩をひたと凝視《ぎょうし》していた。氷の冷たさと稲妻《いなずま》の烈しさを併《あわ》せ持《も》った神の眼差《まなざ》しが、昌浩を射貫《ぬ》く。

「人の子よ。まだ、我らにとっては瞬きにも満たぬ短い時しか生きていない、がんぜない子ども」

ふと、高淤の双眸《そうぼう》が細められた。

「お前の選ぶ道がどこへつづこうと、この高淤は関与《かんよ》はしない。人の命運を、神は背負わない」

昌浩の肩《かた》が大きく震《ふる》える。

「そして、そのためにどんな結末を迎《むか》えても、お前を責めることもない」

端正《たんせい》な口元に薄《うす》く微笑《びしょう》をにじませて、高淤はついと右手を掲《かか》げた。

天に向けられた手のひらに、ぼうと仄白《ほのじろ》い焔《ほのお》がともる。

「——だが」

焔が揺《ゆ》らめいた。昌浩はそれに釘《くぎ》づけになる。

これはただの焔ではない。この世のものではない。

「もしもお前が汚名《おめい》を着ることを選ぶなら、この高淤はお前にこれを貸し与えよう」

昌浩は一度固唾《かたず》を呑み込んだ。

「それ…は…」

かすれた問いかけに、高龗神は短く答えた。

「神殺しの力だよ」

神殺し。

昌浩の心臓が跳《は》ね上がる。

十二神将は、神の末席に連なる。

呼吸をとめる昌浩に、高淤は穏やかにつづけた。

「神は神にしか殺せない。しかし、十二神将は神でありながらも人の子だ。非力なお前でも、十二神将が相手ならば、その手にかけることはできる」

そして、手にかければ、神殺しの汚名を着ることにもなる。

言葉を失ったままの昌浩に、高淤は手のひらをひらめかせて焔を消した。

「……誤解のないように添《そ》えておくが、私はこれでもこの世界が気に入っている」

だから、お前に選択肢《し》を示した。

「命令はしない。選ぶのはお前自身でなければならない」

人は心の弱い生き物だ。

自分で選んだのではなく、誰かに指図された上での行動は、捻《ね》じ曲がった怨根《えんこん》につながる。

そしてそれは、自分のせいではないという逃《に》げ道を作ることにもなるのだ。

負ったものが大きければ大きいほど、重ければ重いほど、冥《くら》い怨念《おんねん》が根を生やし心の奥底に巣食っていく。

そうしていつか、その心は闇に呑まれ、異貌《いぼう》のものに変容していくだろう。

沈黙《ちんもく》したままの昌浩に、人身を取ったままの高龗神はいっそ冷たい目を向けた。

「そして、神の温情だ。もうひとつ選択肢をくれてやろう」

痛いほど心臓が跳ねた。腹部の傷が激しく痛む。

抑揚《よくよう》に欠ける厳かな声が、静かな夜闇を縫《ぬ》った。

「神にすべてを明け渡《わた》し、目を閉じ耳をふさいで、見ることも聞くことも放棄《ほうき》するがいい。されば、人の子よ。お前の知らないところで裁決は下され、気づかぬうちに結末が訪《おとず》れる」

茫然《ぼうぜん》と立ちすくむ昌浩の耳に、神の非情な言葉はさながら刃《やいば》のごとく突《つ》き刺《さ》さった。

逃げ出してもかまわないと、いうのだ。

重すぎる選択を投げ打って、知らないふりをしろと。

それが神の温情。

だが。

昌浩は口を開いた。だがやはり、言葉は出てこない。喉がからからに渇《かわ》いている。

「…………っ！」

ふいにすべての音が掻《か》き消えた。

鼓動《こどう》の音だけが聞こえる。目の前が真っ赤に染まり、激痛が全身を駆《か》け巡《めぐ》って、五感すべてが唐突《とうとつ》に断ち切られた。

力なくくずおれた昌浩を黙《だま》って眺《なが》めていた高龗神は、その背後に出現した人影《ひとかげ》に視線を投じた。

それまで完璧《かんぺき》に隠形《おんぎょう》していたため昌浩は気づいていなかったようだが、高淤は最初からそこに神将がいることを知っていた。

昌浩よりも高い位置にある双眸は、闇《やみ》より深い黒曜石。形の良い唇《くちびる》から、少し低めのよくとおる声が発された。

「……無情な選択を迫るものだな、高龗神」

貴船の清冽《せいれつ》な風が、肩に届く程度のまっすぐな彼女の黒髪《くろかみ》を軽くなびかせる。高淤は口端《こうたん》を僅《わず》かに吊《つ》り上げた。

「十二神将勾陣《こうちん》か。……まみえるのは、久方ぶりだと記憶《きおく》しているが」

ふつりと風が凪《な》いだ。空気が音もなく張り詰《つ》めていく。

勾陣は薄く微笑した。が、細められた瞳《ひとみ》に宿っているのは、白刃《はくじん》にも似た剣呑《けんのん》なきらめきだ。

「旧交をあたために来たわけではない。私はこれの護衛だ」

物の怪がいないいま、神将の誰かが常に昌浩の傍《かたわ》らに隠形してついている。死の淵《ふち》を彷徨《さまよ》い、体力とともに霊力《れいりょく》も削《けず》られた昌浩だ。本当ならば絶対安静でなければならない。

が、孫の性格を把握《はあく》している晴明は、昌浩が黙って横になっているわけはないと推測し、神将たちに目を離《はな》すなと命じていた。常に誰かが必ずそばにいるように、と。

案の定、昌浩は傷を押して邸《やしき》を抜け出し、車之輔に乗ってこの貴船にやってきた。たまたま六合《りくごう》と交代した彼女が、昌浩のあとについて妖車《あやかしぐるま》の屋形に飛び乗った。そして、昌浩の傍らに控《ひか》えながら、彼らの会話に耳を傾《かたむ》けていたのだ。

「本来ならば、まだおとなしく病臥《びょうが》していなければならないものを」

倒《たお》れた昌浩を抱《かか》えて肩に担《かつ》ぐようにしながら、勾陣はかすかに眉《まゆ》を寄せた。

さすがに十四歳の男の子ともなると、女の手で抱えるには大きい。神将である彼女にとって、昌浩の重さは別段大したこともないが、体格が問題だ。六合か白虎《びゃっこ》を連れてくるべきだった。

高淤は足に肘《ひじ》をのせると、頬杖《ほおづえ》をついた。

「自分たちでは口にしづらい、昔語りと状況《じょうきょう》説明を私にさせておきながら、それにはひとことの礼もなく文句だけ並べるというのも、随分虫の良い話だな」

「別に押し付けたつもりはないさ。あなたが勝手に語っただけだ。晴明は、折をみてすべてを伝える心づもりだった」

せめて傷が癒《い》えるまでは。事実を伝えるにはあまりにも体の傷が重く、心の傷が深かった。しかし、それがなおさら昌浩を追い詰めていたのかもしれない。誰も何も語らなかった。だから余計に気ばかりが焦《あせ》った。

事態は深刻だ。冷静に見える晴明とて、その実本人の自覚以上に動揺《どうよう》している。普段《ふだん》の晴明ならば、どれほど過酷《かこく》な事実であっても、昌浩に伝えていただろう。いらない不安と誤解を生じさせないために。

「晴明に伝えておけ。この貸しは高くつくと」

「覚えていたら伝えておこう」

昌浩の顔色は夜目にも青ざめている。繰《く》り返される呼吸も浅く速い。気力だけでここまでもたせていたのだろう。

なるべく傷に触《さわ》らないよう気を配りながら、勾陣は高龗神に向き直った。

「高龗神よ、騰蛇抹殺《まっさつ》を是《ぜ》とするか」

勾陣の瞳に、氷刃のきらめきが生じた。その鋭利《えいり》な眼光を、高淤の神は涼《すず》やかに受け流す。

「別にそうとは言っていない。………選ぶとしたら、それが一番『公正』な選択《せんたく》だと、考えるだけのこと」

「利己的な選択はするべきではないと?」

「神将ひとりのために、人間すべてが死に絶えてもかまわないと断じるだけの強さがあるならば、それもまた一興」

勾陣の顔から表情がすっと消えた。

「………相変わらず、素晴《すば》らしい考え方だ」

「神だからな」

ざわりと、勾陣を取り囲む風が不穏《ふおん》に揺れた。

それを面白《おもしろ》そうに眺めて、高淤は微笑する。

「お前とて、その神の末席に連なるものだろう」

「だが、人の子でもある。あなたがつい先ほどそう言ったのでは?」

勾陣の返答に、高淤は片目を僅かにすがめた。

「親の心を思いやるか」

主《あるじ》たる安倍晴明と、彼が自分の後継《こうけい》だと断言した昌浩。彼らのような『人』の心が、十二神将を十二神将たらしめている。

「別に、思いやっているわけではない」

即座《そくざ》に返して、きらめく双眸《そうぼう》はそのままに、勾陣は薄《うす》く笑った。

「私は利己主義なのでね。誰《だれ》かの思惑《おもわく》に乗って騰蛇を犠牲《ぎせい》にすることが、がまんならない。だから騰蛇を取り戻《もど》したいと考える。ほかには何もない。ただ、それだけのことだよ」

世界の明暗など関係がない。これは自分自身の感情の問題だ。

なるほどと高淤は頷《うなず》いた。

「だが、神将よ。ならば、お前たちが主と定めた人間安倍晴明は、いかなる選択をするのであろうな？」

勾陣は瞬《まばた》きをした。思いがけない問いかけだ。

「……さて。あれは昔から、我々の考えの及《およ》ばないところで判断を下す」

そして十二神将たちは、晴明の判断に従う。

それが間違《まちが》っているかなど、考えたことはない。

「主と定めたときから、晴明の言葉が我々の真実だ」

たとえ、ほかにどんな事実があったとしても。

たくさんの事実の中で、幾《いく》つもの真実の中で、晴明の言葉だけが十二神将たちの行く道を定める。

「それに、五十余年前に騰蛇が理《ことわり》を犯《おか》したとき、晴明はそれでもあれをかばった。それが、我らの主がくだした答えだ」

自分自身が死の淵に追い詰められたというのに、晴明は騰蛇抹殺を主張する青龍《せいりゅう》に対し、頑《がん》として首を縦には振《ふ》らなかった。

勾陣の返答を受けて、高龗神は思慮《しりょ》深げな様子で腕《うで》を組んだ。

「人の心、か」

それは時として、神の力をも凌駕《りょうが》する。

勾陣に抱えられた子どもを見やって、高淤は目をすがめた。

九死に一生を得た、非力な人間の子ども。

たとえ彼が選択を放棄したとしても、それは仕方がない。ひとりの子どもが背負うには、荷が勝ちすぎる。

「邪魔《じゃま》をした」

子どもを連れて、勾陣は身を翻《ひるがえ》す。本宮《ほんみや》の少し先に、昌浩を乗せてきた妖車が息をひそめて待っているのだ。

闇にとける神将の後ろ姿を見送って、高淤は地表に視線を滑《すべ》らせた。

一部分だけが濃《こ》い色に染まっている。

昌浩が立っていた場所。彼の手のひらから滴《したた》り落ちた血が、地に吸い込まれた場所だ。

常に昌浩の傍らにいた白い異形の姿が脳裏《のうり》をよぎって消える。

高淤は天を仰《あお》いだ。

まだ、僅かに猶予《ゆうよ》はある。安倍晴明も気づいているだろう。黄泉の扉《とびら》を開くには、すべての条件がそろわなければならない。だが、それが満ちるまでさほどの時間は残されていないのだった。

「これでも私は、お前たちを気に入っているんだがな……」

昌浩を抱えた勾陣が安倍邸《てい》に戻ると、単衣《ひとえ》の肩《かた》に衣《ころも》を羽織った晴明が、彼らの帰りを待っていた。

「六合が教えてくれてな」

そうかと頷く勾陣に抱えられた昌浩の額に触《ふ》れて、晴明は切ない目をした。

「……昔と変わらない顔をしておるのぅ」

いまでも鮮《あざ》やかに思い起こせる、あどけない寝顔《ねがお》だ。

その傍らに、常に長身の神将がいた。柱や壁《かべ》に寄りかかり片膝《かたひざ》を立てて、赤《あか》ん坊《ぼう》を起こさないよう静かに外を見ている姿。

たとえ両親がいなくても、年の離れた兄たちがいなくても、その赤ん坊は、ただひとり、金の瞳が自分を見てさえいれば上機嫌《じょうきげん》で笑っていた……。

「こんなに大きくなったのになぁ」

すべてが悪い夢であればよいのにと、晴明ですら考える。目覚めれば普段と変わらない朝で、昌浩と物《もの》の怪《け》が舌戦を繰り広げて、彰子《あきこ》姫《ひめ》が目を丸くしているのだ。

汗《あせ》で額に貼《は》りついた前髪《まえがみ》を払《はら》ってやる。

「茵《しとね》に寝かせてやってくれ」

老人の静かな言葉に、勾陣は無言で首肯《しゅこう》し、身を翻す。

その背を見送った晴明は、自室に引き上げた。

夜明けまではまだ間がある。だが、眠《ねむ》る気にはなれなかった。

肩に羽織っただけだった衣に袖《そで》をとおし、晴明は簀子《すのこ》に出て腰《こし》を下ろした。

空を覆《おお》う雲は、風に流れて徐々《じょじょ》に薄くなっている。遅《おそ》くとも明日には晴れ間が覗《のぞ》くだろう。

先日、左大臣藤原道長《ふじわらのみちなが》から、晴明を頼《たの》みとする文《ふみ》が届けられた。表向き、それは私的なものだったが、内容を考えると晴明ひとりでどうこうできるものではなかった。誰かが直接足を運んで、状況を確かめなければならない類《たぐい》のものだ。いずれ正式に、陰陽寮《おんみょうりょう》にも通達があるだろう。

全国に点在する左大臣家の荘園《しょうえん》。そのうちの山陰《さんいん》地方、出雲《いずも》国。半島から内陸に広がっている左大臣家所有の荘園の一角。入海から内陸にかけての里で、不穏な騒動《そうどう》が生じている。それが一点。

晴明は眉根《まゆね》を寄せて腕を組んだ。

もう一点。

その地域一体に、「智鋪社《ちしきのやしろ》」という、独自の神を信仰《しんこう》する一派が、十五年ほど前に発生し、徐々に広がっているという。人々は社の頂点に立つ老人を崇《あが》め奉《たてまつ》っている。信者たちから「宗主《そうしゅ》」と呼ばれるその老人は、死に瀕《ひん》した病人を全快させ、さらには溺《おぼ》れて死んだ子どもを甦《よみがえ》らせるなどの奇跡《きせき》を起こした。雨の少ない年の夏には雷《かみなり》を呼んだともいう。

それが近年まで道長の耳に入らなかったのは、昨年の秋の人事で異動した先の受領が、あえて口をつぐんでいたからだった。

溺れた子どもは、受領の末の息子《むすこ》だったのだそうだ。恩義があるため見ないふりをしていたのだ。

しかし新任の受領はそんな事情は知らない。ゆえに報《しら》せてきたというわけだ。

その報を受けた道長は、どうするべきか助言を求めて晴明に文をよこした。自分の領地でそのような不審《ふしん》な宗派が広がっていれば、誰でも排斥《はいせき》したいと考えるだろう。

「智鋪……」

呟《つぶや》いて、晴明はぎりりと歯噛《はが》みした。

もっと早くに「智鋪社」の名を聞いていれば、ここまで後《おく》れを取ることはなかった。

五十余年前、晴明が対決し、討ち果たした者こそが智鋪地神《ちしきのちのかみ》を崇める『智鋪の宮司』だ。

初めて風音《かざね》と対決したとき、彼女は「晴明殿《どの》もよくご存知の方」と口にした。晴明の脳裏には智鋪の宮司が浮《う》かんだ。だが、ありえないと否定した。宮司は晴明が追い詰《つ》め、抹殺《まっさつ》したはずだったのだから。

どうやってかはわからない。だが、十五年前に、智鋪の宮司は何らかの術でもって甦ったのだ。あるいは、智鋪にくみする者がいて、後釜《あとがま》に座ったか。

いずれにしても、『宗主』の狙《ねら》いは『宮司』と同じ、黄泉《よみ》の扉の開放だ。

五十余年前に倒《たお》した宮司の姿に、鴉《からす》を従えた風音が重なった。

彼女は何者なのか。道反《ちがえし》の巫女《みこ》に生き写しの、凄《すさ》まじい霊力《れいりょく》を持った、『宗主』に捨て駒《ごま》とされていた娘《むすめ》。そのことを思い知ったはずなのに、風音はしかし宗主の許《もと》に戻った――。

「――晴明」

背後に神気が顕現《けんげん》する。それまでずっと隠形《おんぎょう》していた玄武《げんぶ》だ。

小柄《こがら》な子どもの形《なり》をした神将は晴明の隣《となり》に立つと、その見た目には似つかわしくない仕草で眉を寄せた。

「夜はまだ冷える。風邪《かぜ》でも引いたらどうするのだ、自分の年を考えろ」

「いたって丈夫《じょうぶ》なつもりだがのぅ」

「過信だ」

冷たく言い切り、玄武はため息をついた。

「お前はそうやって昔から、自我をとおす。我らの心情など、考えたことはないだろう」

口調は静かだが、言外に晴明を責めている響《ひび》きがある。

晴明は、すぐ横に正座した玄武の、表情に乏《とぼ》しい顔をまじまじと見た。

黒曜の双眸《そうぼう》はさざなみひとつたたない水面を連想させる。穏《おだ》やかなのではなく、どこまでも冷たく静かな水だ。

「我々が躊躇《ちゆうちよ》している間に昌浩は真実を知り、天一《てんいつ》はいまだ生死の境を彷徨《さまよ》い、宗主と風音の行方《ゆくえ》もしれない。ここまで後手後手に回らざるを得んとは」

膝の上に置いた両手を握《にぎ》り締《し》め、玄武の様子は不機嫌を絵に描《か》いたようだ。

「自らの無力さに、吐《は》き気《け》のする思いだ」

晴明は苦笑《くしよう》した。

「話さずにいようと決めたのは、躊躇ではなくお前たちの優《やさ》しさだよ。精一杯《せいいつぱい》あれのことを考えてくだした結論だった」

節くれだった手をのばして漆黒《しつこく》の頭をくしゃりと撫《な》でた。玄武は目をすがめたが、無言でされるままになっている。

十二神将を外見で判断するのは愚《おろ》かなことだとわかっているが、玄武や太陰《たいいん》の姿かたちは子どものそれで、無意識に子どもに対する扱《あつか》いになってしまう。

「みな同じ思いだろうて。特に、ここしばらく紅蓮《ぐれん》や昌浩と同行することの多かった六合は、感情を出さない分気がかりだ」

玄武は一度瞬《まばた》きをした。

「勾陣が、我々の中でもっとも情が強《こわ》いのは六合だ、と評していた。だが、常に寡黙《かもく》で感情の見えない六合の何をもってそう断ずるのか、我には納得《なつとく》がいかん」

本気で不審に思っているのだろう。玄武は眉間《みけん》にしわを寄せている。

対する晴明は含《ふく》むところのある顔で頷《うなず》いた。

「ああ、勾陣の言葉は真理を衝《つ》いている。……あれは、心の掛《か》け金《がね》のはずれることが滅多《めった》にないだけだ」

その重い響きに、玄武は僅《わず》かに首を傾《かたむ》ける。

「はずれるとしたら、きっかけはなんだろうか」

「さてな」

曇天《どんてん》を仰《あお》いで、晴明は険しい目をした。

「想像したくもない」

六合が内に秘《ひ》めているものを、若き日の晴明は確かに感じた。しかし、彼がそれを見せたことはない。感情の起伏《きふく》が乏しいように見えるのは、鋼《はがね》の意志で自制しているだけのことだと晴明は分析《ぶんせき》している。

十二神将たちは、互《たが》いに対してそれほど深い執着《しゅうちゃく》を持たない。一部例外はあるものの、あまり干渉《かんしょう》しないのが常だ。口数が少ないのは、あれはただの性分《しょうぶん》なのだろうが。

しばらく思案顔をしていた玄武は、気づいた勾陣の洞察《どうさつ》力を称《たた》えるべきだろう。ここは、自分より高い位置にある晴明の目を仰ぎ見た。

「風音の持っていた勾玉《まがたま》に、見覚えはあるか」

紅《あか》い勾玉だ。あれが関《かか》わると、沈着《ちんちゃく》で冷酷《れいこく》な女術師の顔は一変する。

「我の記憶《きおく》が正しければ、あれは道反の巫女の耳飾《みみかざ》りだ」

なぜ、風音がそれを持っていたのか。どうしてあれほど大切にしているのか。

五十余年前に姿を消した道反の巫女と生き写しの風音は、榎岦斎の名に激しい反応を示した。

「風音は、巫女と岦斎に何らかの関わりがあるのだろう。だが、我らはそれすら知らんのだ」

一旦《いったん》言葉を切って、玄武は眉間のしわを更《さら》に濃《こ》くした。

「……役立たずにもほどがある」

自嘲《じちょう》と呼ぶには、厳しすぎる声音《こわね》だ。

晴明はため息をひとつついて頭《かぶり》を振《ふ》った。

「風音はどう見ても二十歳《はたち》に届くか届かないかだ。勾玉の件にあの面差《おもざ》し、道反の巫女と関わりがあるのは間違《まちが》いないだろうが、岦斎とどんなつながりがあるのかは、わしにもまったく予測がつかん」

どれほど考えても、謎《なぞ》をとくための材料が少なすぎて真実にたどり着けないでいる。

聖域でただひとり、道反の封印《ふういん》を守っていた巫女。守護妖《よう》たちがいたとはいえ、あの地にひとりで彼女は寂《さび》しいと思ったことはなかったのか。

その疑問を口《くち》の端《は》にのせると、巫女は静かに微笑《ほほえ》んだだけで、答えが返ることはなかったのだが。

道反大神の妻だといっても、神が顕現するわけではない。人の世から隔離《かくり》された聖域に生きる彼女は、神ではなかった。では、人か。

はじめは人だったのかもしれないが、人の世界の時間から離《はな》れたときより、人でもなくなっていたのかもしれないと、晴明は考える。

ならば、彼女に生き写しの風音は何者なのか。

黄泉の瘴気《しょうき》に呑《の》まれた異形の変容した化け物。その体内に取り込まれて、それでも生きていた風音。

そして、明らかに捨て駒として扱っていたにもかかわらず、瀕死《ひんし》の彼女を連れ帰った宗主の真意は、なんだろうか。

しばし沈黙《ちんもく》していた晴明は、低く呟いた。

「……玄武」

漆黒の双眸が主《あるじ》に据《す》えられる。彼の年老いた主は、抑《おさ》えた口調で告げた。

「お前は先ほど『宗主と風音の行く先もわからん』と言ったが、それだけはわかっている。おそらく出雲国、東出雲の意宇郡《おうのこおり》だろう」

「なぜ」

驚愕《きょうがく》して目を瞠《みは》る玄武に、晴明は断言した。

「そこに、黄泉につながる伊賦夜《いふや》の坂があるからだ」

3

◆

◆

◆

ひやりと冷たい風が頬《ほお》を叩《たた》く。

気を失っていた巫女は、はっと瞼《まぶた》を開いた。強張った体がぎしぎしと音を立てるのも構わず、彼女は身を起こして周囲を見渡《みわた》した。

ごつごつとした冷たい岩肌《いわはだ》の、狭《せま》い隧道《ずいどう》だ。

彼女はこの隧道をよく知っている。ここは、聖域の最奥《さいおう》につづく唯一《ゆいいつ》の路《みち》だ。そして、目の前に立ちふさがる巌《いわお》は、人界と聖域とを隔《へだ》てる開かない門。

守護妖たちが許可した者だけが、この門を通ることができる。そう、安倍晴明と榎岦斎のように、導かれた者だけが。

岦斎の叫《さけ》びが、耳の奥にこびりついて離れない。

——どうしてだ、どうしてだ……！

頭をひとつ振って、彼女は立ち上がった。

冷たい巖は閉ざされている。

「なぜ…？」

広い隧道に、巫女《みこ》の呟《つぶや》きが木霊《こだま》した。反響《はんきょう》して幾重《いくえ》にも響《ひび》く声は、やがて静寂《せいじゃく》に呑み込まれていく。

彼女は岦斎とともにいたはずだった。外界の、雪の中に。

突如《とつじょ》として彼らを襲《おそ》った凄絶《せいぜつ》な力に耐《た》えられず、彼女は意識を失った。そのあとのことは覚えていない。

どうやってここまで戻《もど》ってきたのか。

そこまで考えをめぐらせた巫女は、ふと眉《まゆ》を寄せた。

「戻ってきた……？」

まさかという思いが湧《わ》き上がり、彼女は慌《あわ》てて辺りを見回した。

「違う…！」

ここは、聖域ではない。巖で阻《はば》まれた人界の側だ。

「そのとおり」

巖に手を触《ふ》れていた巫女は、突如として放たれた声を聞き、慄然《りつぜん》とした。背筋を冷たい氷塊《ひょうかい》に似たものが滑《すべ》り落ちた。

漂《ただよ》ってくるのは、死臭《ししゅう》にも似た瘴気。生者のものではない気配を放ち、おぞましいものが背後にいる。

「さすがに壊《こわ》れてしまったこの身では、聖域に入ればたちどころに消されてしまうのでな」

巫女は意を決して振り返った。

巌の配置された場所は大きく開けている。そこから人界につながる隧道の入り口に、人影《ひとかげ》がたたずんでいた。目深《まぶか》にかぶった布で全身を覆《おお》っているが、漂ってくる臭気は隠《かく》せない。布の隙間《すきま》から覗《のぞ》く顔は半分潰《つぶ》れている。

「道反の女、路を開け」

一歩一歩と足を進めてきながら、時折ひび割れる声が命じてくる。

「智鋪《ちしき》の宮司《ぐうじ》、生きて……！」

巫女は唇《くちびる》を噛《か》んだ。その顔を見て、布に隠された男の顔が笑《え》みの形に歪《ゆが》んだのが感じられた。

「死んだと思っていたか。……そうさ、我は死んでいる」

巫女は驚愕した。死んでいる、と。ばかな。

彼女の疑念を感じたのか、宮司はついと布の合わせ目から腕《うで》を突《つ》き出した。腕の真ん中、関節ではない部分が不自然にくにゃりと曲がり、ぶらぶらと揺《ゆ》れる右手。宮司はその手を左手で摑《つか》み、無造作に引きちぎる。

息を呑む巫女の足元に、骨の見えた右手が音を立てて転がった。

「そら、このとおり。……もっとも、借りものだからな、どうということもない」

だが、動くにはいささか不便だ。

「新しい憑《よ》り代《しろ》に移ってもかまわなかったが、これではまだ小さい」

布に覆われた頭が背後を一瞥《いちべつ》する。

その視線を追って、巫女は悲鳴を上げた。

「風音…！」

彼女の幼い娘《むすめ》が横たわっている。かばうように翼《つばさ》を広げた鴉《からす》がその体に覆いかぶさっているが、ぴくりとも動かない。

「なぜ⁉ その子は聖域の社に…！」

「子どもひとりくらいなら、瘴気の噴《ふ》き出る隙間から引きずり出せる」

混乱に乗じて、智鋪は術を施《ほどこ》し、その影だけを聖域に侵入《しんにゅう》させたのだ。

智鋪は動かない鴉に視線をくれ、嗤《わら》った。

「道反の守護妖などといっても非力な異形。最後の最後まで抗《あらが》って、力尽《ちからつ》きた」

「嵬…なんという…！」

巫女は言葉を失った。力尽きてなお風音をかばうように、翼を広げた動かない鴉。

嵬は、風音の守護だ。娘の誕生と時を同じくして生まれた。

「娘の命が惜《お》しいか。ならば路を開け。聖域の最奥、道反の封印の許《もと》へ案内《あない》せよ」

「なんの、ために」

半分潰れた宮司の顔が、嘲《あざけ》りに満ちる。

「黄泉《よみ》の軍勢を解放し、地上を根の国の属国とするのだよ」

黄泉の軍勢。根の国。

巫女は目をそばだてた。堅《かた》く閉《と》ざされた巌の向こうから、かすかにこぼれ出てくるものがある。ねっとりと足元に絡《から》みつくような、おぞましい風。

宮司はけたけたと笑った。

「屍鬼《しき》の力を借りても、封印は砕《くだ》けん。巫女よ、お前がとくか、贄《にえ》を捧《ささ》げるかせねば、封印への路すら自由にならない。まったく、忌々《いまいま》しい限りだよ」

目障《めざわ》りな道反大神。そして大神に仕える巫女と守護妖。神代から我らの悲願を阻む者ども。

「神代から…？」

呟いて、巫女は息を呑んだ。

「まさか…智鋪というのは…⁉」

宮司はそれには答えず、骨と肉のむき出しになった右腕で風音を指した。

「お前が開かずとも、この娘を使えばいずれは路は開く。そして、一度開けば用はない。だが…いかんせんまだ幼く、力が足りない」

巌の向こうから噴き出す瘴気が、強くなっていく。聖域の最奥にある道反の封印が、弱まっているのだ。

自分が聖域から連れ出されたこの僅《わず》かな時間で、封印の力がここまで削《そ》ぎ落とされた。路を開けば、たまりにたまった瘴気が一斉《いっせい》に地上にこぼれ出る。そうなればどうなるのか、巫女には予測もつかなかった。

守護妖《よう》たちは聖域にいるのか。それとも自分を捜《さが》して、皆《みな》人界に降りたのか。

巫女の心を読んだのか、宮司は口を開いた。

「守護妖どもは聖域にいない。つくづく、あの愚《おろ》かな駒《こま》が役に立った」

それを聞いて、巫女は絶望にも似たものを感じた。

岦斎は、やはり宮司に踊《おど》らされていたのだ。

「そして…最後の最後まで、踊った」

「最後まで…？」

「愛憎《あいぞう》は紙一重…。愚か者は最後まで愚か者だったということだ。愚かさの代償《だいしょう》は、己《おの》が命」

巫女は両の手で顔を覆った。

「岦斎殿《どの》……」

膝《ひざ》が砕けて、巫女は地に手をついた。衝撃《しょうげき》と様々な感情がない交ぜになり、声が出てこない。

くずおれた巫女を嘲笑《ちょうしょう》し、宮司は顎《あご》をしゃくった。

「路を開け。……この巌を除くのだ」

そして、黄泉の風を解放し、聖域の最奥にある真の千引磐《ちびきのいわ》を、道反大神の封印《ふういん》を解き放て。

娘の命がかかっているのだ、否《いな》とは言えないだろう。

が。

「――――断る」

鋭《するど》く言い放ち、巫女は面《おもて》を上げた。

「私は道反大神の代言者…。あの方は、封印をとくことなど選びはしない」

たとえ、何を犠牲《ぎせい》にしても。その中に、愛する娘の命までもが含《ふく》まれているのだとしても。

「智鋪の宮司よ。…いやさ、道敷《ちしき》を崇《あが》める者よ。神に託《たく》されたこの地上を、お前たちに明け渡《わた》しはしない。——決して！」

刹那《せつな》、巫女の全身から白熱の閃光《せんこう》が迸《ほとばし》った。

その光が道敷の宮司の目を射、また全身を灼《や》く。

「己れ、まだこれほどの力を……！」

その言葉を最後に、宮司の体は形を失ってぼろぼろと崩《くず》れていった。まとっていた布がばさりと落ちる。

激しい神気が隧道《ずいどう》に満ちた。力の奔流《ほんりゅう》は聖域につながる巌《いわお》に集結し、その向こう、聖域の最奥にまで到達《とうたつ》する。

力を削ぎ落とされていた封印が、更《さら》なる強さを有した。瘴気《しょうき》の噴出《ふんしゅつ》がぴたりと止まったのを直感で感じる。

——が、そこまでだった。

巫女は今度こそ、力なくくずおれた。

持てるすべての力を使い果たした。命ぎりぎりのところまで。もはや身を起こす力すらも残されていない。

彼女は荒《あら》い呼吸のもと、必死で呼びかけた。

「…い……鬼…」

ぴくりと、漆黒《しっこく》の翼が震《ふる》える。それを見て取り、巫女《みこ》は全身で息を吐《は》き出した。

「…その子を…風音を……お願い…」

くちばしが僅かに開いて、低い唸《うな》りが発される。

『…巫…女よ…』

嵬が必死でこうべをもたげると、巫女は目を細めた。

「これを…」

力の入らない手で、右耳から紅《あか》い勾玉飾《まがたまかざ》りをはずす。

鴉はよろめきながら巫女の許に向かった。自分の手から勾玉の重さが消えるのを待たずに、巫女は目を閉じる。

勾玉をくちばしにくわえて、嵬は風音の許に取って返した。鉛《なまり》のような全身を引きずって立ち戻《もど》り、勾玉を彼女の袂《たもと》に忍《しの》ばせる。

そこまでが限界だった。

再び風音を覆うように翼を広げると、嵬は彼女の肩口《かたぐち》に頭をのせた。

巫女は、死にはしない。ただ、眠《ねむ》るだけだ。しかしその眠りは、恐《おそ》ろしく長いものとなるだろう。

その間、なんとしても自分がこの幼い姫《ひめ》を守らなければならない。

鬼はのろのろと瞼《まぶた》を開いた。先ほどからぴくりとも動かないが、風音もまた気を失っているだけで、命に別状はない。

封印は守られた。智鋪《ちしき》の宮司も消えた。ほかの守護妖がじきに戻るはずだ。そうすれば聖域をすぐさま浄化《じょうか》し、社に巫女と姫を運ぶことができる。道反大神の膝元で静養すれば、巫女も姫も時間をかけずに回復するはずだ。

闇《やみ》に包まれた隧道内に静寂《せいじゃく》が満ちる。鬼の意識はその闇にとけていった。

どれほどの時が経《た》っただろうか。

ふと、かすかな足音を聞きつけて、鬼は重い瞼を開き目を凝《こ》らした。

そして、愕然《がくぜん》とする。

のろのろと近づいてくる足音。少しずつ強くなる鉄の臭気《しゅうき》。

風音のすぐそばまでやってくると、足音は止まった。

「………力尽きたか」

ひび割れた声だ。地に落ちたままだった智鋪の布を拾い上げ、その男は嗤った。

鬼は見た。

男の胸に穿《うが》たれた傷。赤黒いもので染まった衣が、鉄の臭《にお》いを漂《ただよ》わせているのだ。

鴉《からす》の視線に気づいて、男はうっそりと目を細める。

「——崩れた憑《よ》り代《しろ》は年老いていたから、壊《こわ》れやすかった」

だがこれは、まだ充分《じゅうぶん》に使える体だ。それに、いまだ強い妄執《もうしゅう》に囚《とら》われて、強い。

驚愕《きょうがく》のあまり震えている鬼を一瞥《いちべつ》し、岦斎の姿をした智鋪の宮司は既《すで》に血の止まった胸元《むなもと》の傷口に手を当てた。

男の唇《くちびる》が歪《ゆが》む。己れの傷から幾分《いくぶん》かの肉を無造作にえぐり取り、男は鬼の片翼《かたよく》を摑《つか》んで持ち上げた。

「おもしろいものを見せてやろう。お前が守らんとした者の末路だよ」

『なにを…っ！』

男の爪《つめ》が、左の首元に食い込む。無理やりに肉が裂《さ》かれる激痛が、灼熱《しゃくねつ》に変わった。

痛みを堪《こら》えながら鬼は、男の胸に穿たれた傷の中に、赤く丸いものが押し込まれているのに気づいた。一度えぐり出されたはずの、心臓だった。剝《む》き出しの心臓は鼓動《こどう》を刻まない。

憑り代とは、こういうことか。

もがく鬼の首元の傷に、男は自分の肉を無理やり押し込んだ。そして口の中で何かを唱える。と、男の手の中で、肉の塊《かたまり》がざわりとうごめき、変貌《へんぼう》する。灼熱の痛苦がやわらぐ頃《ころ》、それは鬼とそっくりな鴉の頭になっていた。

『おぞましい…真似《まね》を…！』

怒《いか》りに震える鬼に向け、左の鴉はくちばしを開く。

『いかにも。これはお前を常に見ている目だ』

男と同じ声で、左の鴉は言い放つ。

『お前の見ているものを、お前の発する声を、この目が見ている、この耳が聞いている』

「そして、お前が反逆の意を示せば、この幼い娘《むすめ》を八つ裂きに。……いいや」

ふと言い差し、男は奇妙《きみよう》な顔をした。表情が歪む。

「いますぐにでも、殺せ、殺すのだ。この娘を」

男はしかし同じ口で、それを否定する。

「ならぬ。この娘は駒だ。幼いうちは無力でも、道反《ちがえし》の女よりはよほど扱《あつか》いやすい手駒」

「いいや、いいや。殺すのは、娘だ。巫女ではなく、この目障《めざわ》りな娘――――！」

ひとつの口が、相反する言葉を並べている。

呆然《ぼうぜん》とそれを見ていた嵬は、低くうめいた。

『榎…岦斎…⁉』

男の口が、奇妙に歪む。顔の左半分だけで、嗤《わら》っている。

「そう、岦斎の妄執がここにいる」

嵬を放し、男は自分の胸元に手を当てた。

「岦斎が殺すなと望む――――。道反の女よ、命拾いをしたな」

倒《たお》れたまま動かない巫女に視線を投じて、男はそのまま嵬を見上げた。

嵬に宿る、凄凜《せいりん》たる通力。それまでそこにあったものよりもはるかに強い、何人も聖域に立ち入らせない障壁《しょうへき》だ。

「道反の女が、最後の力で強めた封《ふう》じか。破ることはできずとも、……巫女の血筋であれば、解封もかなう」

だから、娘を殺しはしない。その代わり、岦斎よ。お前の望みどおりに、巫女も殺さずにいてやろう。

男は風音を無造作に抱《かか》えて肩に担《かつ》ぐと、同様にして巫女も抱え上げた。

弱り果て飛ぶこともできない嵬は、体を引きずりながらそのあとを追う。

『待て…、いったいなにをするつもりだ、巫女と姫を…』

『言ったはずだ、殺しはしないと』

左の鴉がくちばしを開いて、嘲笑《あざわら》う。

『殺しはしないと、な――――』

残忍《ざんにん》な響《ひび》きが木霊《こだま》する。

それを最後に、嵬の意識はふつりと途切《とぎ》れた――――。

◆　◆　◆

4

数日後昌浩は、傷を負っているにもかかわらず、何事もなかったふりで参内《さんだい》した。

もちろん、晴明を筆頭に十二神将たちも彼を止めた。が、昌浩は頑《がん》として譲《ゆず》らなかった。

「敏次殿《としつぐどの》からも叱責《しっせき》の文《ふみ》をいただいた。これ以上出仕を控《ひか》えるわけにはいかないよ。……大丈夫《だいじょうぶ》、無理はしないから」

日常の仕事だけだったら、大して負担にはならない。

昌浩が晴明から教わった術の中には、痛みを抑《おさ》えるものもある。止痛の符《ふ》というものも存在する。だが、それで完全に回復できるわけではない。いずれもその場しのぎだ。

幸いといっていいのかどうなのかはわからないが、黄泉《よみ》の瘴気《しょうき》に呑《の》まれてしまったせいで、平安の都には人に害をなす異形のものがまったくいなくなっていた。

平安の都は妖《あやかし》を呼び込む性質を持っている。いずれまた新たな妖怪《ようかい》が現れるとしても、しばらくは安泰《あんたい》だろう。

「それに、六合と…ほかにも、誰《だれ》か一緒《いっしょ》にくるんでしょ？」

薄《うす》く笑って確認《かくにん》する昌浩に、晴明は苦いものを呑《の》みくだしながら頷《うなず》く。

晴明とて、孫が誤解のもとに立場をなくすのは避《さ》けたいところだ。

「……立后の宣旨《せんじ》も近く、せわしない。致《いた》しかたあるまい」

祖父の言葉に、昌浩は無言で一礼した。

一番反対するだろうと誰もが考えていた彰子は、しかしその予想に反して何も言わなかった。

ただひとこと、なるべく早く帰ってきてねと口にしただけだ。

門をくぐっていく背を見送っていた彰子は、彼の傍《かたわ》らに隠形《おんぎょう》した神将がふたりいるのを感じた。

「……六合と、太陰？」

呟《つぶや》くと、彼女の隣《となり》に神気が顕現《けんげん》する。水将の玄武だ。

「隠形しているというのに、よくわかったな。さすが、当代一の見鬼《けんき》」

あまり驚《おどろ》いているようには見えない様子だが、これでも感嘆《かんたん》しているのだろう。

彰子は仄《ほの》かに笑って、すぐにその笑《え》みを消した。

「ね、玄武。尋《き》いてもいい？」

「なんだ」

「……もっくんは、どうしたの？」

玄武の顔が強張《こわば》る。

「――――」

沈黙《ちんもく》する玄武に、彰子は更《さら》に問いかけた。

「どうして帰ってこないの？　……どうして、昌浩は何も言わないの？」

数日前、神将たちが連れ帰った昌浩の顔は土気色で、目覚めなければ命はないと言われた。

だから彰子は、胸の潰《つぶ》れる思いで昌浩が目を開けるのを待った。物《もの》の怪《け》の姿が見えないことに気づいてはいたが、なぜなのかはきっと、昌浩が話してくれると思っていた。

昌浩のそばに、あの白い姿がない。少し高めの飄々《ひょうひょう》とした声が聞こえない。

いつもいつも、昌浩のそばにいたのに。昌浩が呼べば、必ず応《こた》えられる場所に。

それなのに。

「いないのがわかっているのに、どうして誰も何も言わないの？　………私には、話せないようなことがあったの？」

「……我の語れることではない」

硬《かた》い声で返答する玄武に、彰子は更に言い募《つの》ろうとした。が、細い腕《うで》が彼女を制する。

「あまり玄武を責めないでやってくれ」

彰子ははっと顔を上げた。初めて見る神将が、立っていた。

「理由が聞きたいのなら、晴明に尋ねるといい。あれは必要があれば答えるだろう。決して、昌浩を問い詰《つ》めることだけはしてくれるな」

「あなたは…」

まじまじと見つめてくる視線に、彼女は涼《すず》やかに微笑《びしょう》した。

「十二神将勾陣。……藤原《ふじわら》の彰子姫《ひめ》、お目にかかるのは初めてだったか。あなたは私を知らないだろうが、私はあなたを知っている」

よくとおる、少し低めの声だ。耳に残る。

「話さないのは、姫を慮《おもんぱか》ってのこと。決して疎外《そがい》しているわけではない」

言い含《ふく》めるような勾陣に、彰子は僅《わず》かに瞳《ひとみ》を曇《くも》らせた。

「……私は、聞かないほうがいいのね……」

「姫、そうではない」

声を上げる玄武に、彰子は首を振《ふ》った。

「いいの。私は何もできない。知ってはいけないことだってあるはずだわ」

勾陣が瞬《まばた》きをする。彼女の様子に気づかず、彰子は寂《さび》しそうに息をついた。

「わかってるの。でも、昌浩のあんな目を見たら、……心配で」

ここ数日の昌浩を、彰子は間近でずっと見ていた。

本人に自覚はないのだろう。少し力を込めればたやすく砕《くだ》けてしまいそうな、薄氷《はくひょう》の危《あや》うさに似ている瞳。感情を極力抑えた表情、重い口調。

それなのに昌浩は、彰子にはいつものように笑いかけようとするのだ。

うつむいた彰子の耳に、笑みを含んだ台詞《せりふ》が届いた。

「安倍の男どもに関《かか》わる女は、程度の差こそあれど、みな同じ想《おも》いをしている」

怪訝《けげん》そうに顔を上げた彰子に、身を翻《ひるがえ》した勾陣が肩越《かたご》しの視線を向けていた。

「自分たちばかりが大変な思いをしていると考えて、全部を抱え込んでいるつもりになるのも安倍の男どもの特徴《とくちょう》だな。姫よ、度量の広さに磨《みが》きをかけたほうが、後々の憂《うれ》いが減るぞ」

「え？」

思わず聞き返したが、勾陣は微笑しただけで、そのまま姿を消してしまった。

隠形する寸前に彼女がなにやら呟いていたようだったが、さすがに聞こえなかった。

天一や朱雀《すざく》よりも年長に見えた。凜然《りんぜん》とした雰囲気《ふんいき》をまとっているのに、不思議と近寄りがたいとは思わなかった。

難しい顔をして沈黙している玄武を振り返って、彰子は首を傾《かたむ》けた。

「玄武…、勾陣は最後になんて言ったのかしら」

見かけより大人びた表情に、困惑《こんわく》がにじんだ。

「……そう遠いことでもないだろうから、だそうだ」


昼を過ぎると、退出まであと少しだ。

片づけものをしていた昌浩は、作業があらかた済んだので一旦《いったん》手を止めて、ほうと息を吐《は》き出した。

文台の縁《へり》が手のひらに当たって、昌浩は顔をしかめた。爪《つめ》の食い込んだ痕《あと》がうずく。

心はまだ、決まらない。

「…………」

手のひらを握《にぎ》りこんで、昌浩は目を伏《ふ》せた。

体はいまだ本調子ではない。術と符を使っていても、気を抜《ぬ》くとすぐに痛みが全身を駆《か》け回る。そのたびに息を詰めてやり過ごし、じっとりと冷たい汗《あせ》をかいた。

それだけ自分の負った傷は深い。多分天一がいなかったら、今頃《いまごろ》は生死を分かつ川を渡《わた》って、二度と戻《もど》れない旅に出ていたに違《ちが》いない。

そう考えて、昌浩はふいに目を見開いた。

「……天一は」

どうしているのだろう。

天一の「移し身」は、傷をそのまま彼女自身が引き受けるというものだ。十二神将とて、痛みを感じる。へたをすれば死ぬこともある。

人間が死んでしまうほどの傷を彼女が受けてくれたのなら、その容態は。

「……六合」

そっと名前を呼ぶと、応じる気配がした。

「天一は、どこだ？」

返答があるまで、僅かに時間を要した。

《………異界で、傷を癒《いや》している》

「命に別状はないんだな？」

重ねての問いに、答えはなかった。

昌浩は焦《じ》れたように背後を振り返った。

六合と太陰が顕現した。陰陽寮《おんみょうりょう》には多少なりとも見鬼の才を持つ者がいるから、彼らの眼《め》には映らないよう、巧妙《こうみょう》に神気を抑《おさ》えている。言い換《か》えればふたりは、昌浩の眼にだけ映るように姿を見せた。

「天一は、生きてるのか」

尋《たず》ねる声は硬い。心臓が不自然に早鐘《はやがね》を打ち始めた。

口を開いたのは太陰だった。

「生きてるわ」

昌浩と自分の目線を合わせるためにか、太陰はふわりと浮遊《ふゆう》した。

「天一は死にゃしないわ、絶対。朱雀がそんなの許さないもの。朱雀を悲しませたりしないって、天一は断言してたんだから」

昌浩は太陰から六合に視線を移す。六合の顔に表情らしいものはなく、黄褐色《おうかっしょく》の瞳をじっと見つめても、感情は映らない。

彼が意図してそうしているのか、昌浩には判断がつかなかった。

拳《こぶし》を握り締《し》める昌浩に、太陰は少し肩を落としながら口を開いた。

「……心配なら、絶対死なないって、思ってて。それがそのまま、力になるから」

昌浩は目を見開いた。耳の奥で、荘厳《そうごん》な声が甦《よみがえ》る。

十二神将は、人の想いの具現だ――――。

想っていれば、かなうだろうか。

ならば。

時折、視界の片隅《かたすみ》に白い影《かげ》が見える気がして、無意識に探している自分に気づく。そうして
そのたびに、高龗神の提示した重い選択《せんたく》が、胸に突《つ》き刺《さ》さるのだ。

「…………」

ふいに、六合が視線を走らせた。半瞬遅《はんしゅんおく》れて太陰が瞬きをする。次の瞬間、ふたりは完璧《かんぺき》に
隠形《おんぎょう》した。

同時に足音が聞こえた。昌浩ははっとして作業を再開する。

ほどなくして、陰陽生が数人現れた。中には敏次の姿もある。

塗籠《ぬりごめ》にしまう書物を十冊ほど抱《かか》えた昌浩は、陰陽生たちの横をとおって一礼した。そのまま
廂《ひさし》を抜けて簀子《すのこ》に出る。

冬よりは冷たさを感じなくなった簀子を歩き出すと、呼び止める声が聞こえた。

「待ちたまえ」

昌浩は足を止めて振り返る。片手に書物を持った敏次が、簀子に出てくるところだった。

「文台の下にこれが落ちていた」

陰《かげ》に隠《かく》れて見落としていたようだ。

「あ…すみません。ありがとうございます」

書物を受け取って頭を下げる昌浩に、敏次は訝《いぶか》しげに眉根《まゆね》を寄せた。

「芳《かんば》しくない顔色に見えるが、無理をしているのではないだろうな」

昌浩が欠勤となっていた数日の間に、風邪《かぜ》をこじらせていた敏次は全快して出仕していたのだ。自分の入れ替《か》わりのように昌浩が欠勤していると聞いた彼は、だから文《ふみ》を送ってよこした。

自分が無理を押して卒倒《そっとう》したばかりだから、気にかけてくれているのかもしれない。送られた文の内容も、語調こそきつめではあったが、決して間違《まち》がったことは記されていなかった。

「いえ。……………あ、その、少し、まだ本調子ではないです」

即座《そくざ》に否定したが、疑いの眼差《まなざ》しが注がれたので、昌浩はほんの少し訂正《ていせい》した。すると敏次は、大仰《おおぎょう》に息をつく。

「あとでそこの池にでも顔を映して見るといい、ひどい顔をしている。さっさと仕事を済ませて帰りたまえ」

それだけ言うと、敏次は仲間たちの許《もと》に戻っていく。彼の背を何の気になしに見送った昌浩は、ふと思い当たって瞬きをした。

もしかして、最後の台詞を言うために呼び止めてきたのだろうか。

彼の姿が見えなくなってから、昌浩の視界に太陰が飛び込んできた。

「随分偉《ずいぶんえら》そうな物言いをする奴《やつ》ねぇ。誰《だれ》よ、あれ」

昌浩の肩から身を乗り出すようにして、顔を覗《のぞ》いてくる。

「陰陽生の、藤原敏次殿《どの》」

その名を聞くなり、太陰は納得《なっとく》した風情《ふぜい》で大きく頷《うなず》いた。

「ああ、噂《うわさ》に聞く石頭ね」

どんな噂なのだろうか。

昌浩は苦笑《くしょう》混じりに言った。

「いい人だよ」

「いい人ぉ？　噂と違うわねぇ。天一に懸想《けそう》してるって、朱雀が憤《いきどお》ってたけど。あと、上《うわ》っ面《つら》しか見ない奴だって」

「上っ面って、いったい誰がそんな…」

――じゃかあしいわっ、この能無しえせ陰陽師っ！

唐突《とうとつ》に、白い物の怪が敏次を蹴《け》り倒《たお》した姿を思い出した。

凍《こお》りついた瞳《ひとみ》に気づいた太陰が、怪訝《けげん》そうに目を細める。

「昌浩？」

はっと我に返って、昌浩は取り繕《つくろ》うように笑った。

「あ…、ごめん、ちょっと、目眩《めまい》…」

太陰は目を丸くして、しかつめらしい表情で腕《うで》を組んだ。

「やっぱり、参内《さんだい》したのがそもそもの間違いだったのよ。仕事なんて適当にやっつけて、さっさと邸《やしき》に帰ることだわ。あんたが倒れでもしたら、あたしたちが晴明に叱《しか》られるんだから」

「そうだね。うん、ごめん…」

太陰の並べる文句に合の手を入れながら、昌浩は書物を手に歩き出す。

一瞬、足元に白い影が見えたような気がしたが、それは錯覚《さっかく》だとわかっていた。


高龗神の示した選択が、常に胸の奥で揺《ゆ》れている。

選択肢《し》は三つ。最後の選択は神の温情だ。

だが、それをもし選べばおそらく、昌浩は生涯《しょうがい》かの神に軽蔑《けいべつ》されるだろう。

それを選ぶことは、逃《に》げることと同義だ。

では、自分の選ぶべきは。

夜が来るたびに、目を閉じると様々な情景が瞼《まぶた》の裏を駆け抜けていく。

——人の子よ、お前はなにを選ぶ？

穏《おだ》やかで優《やさ》しい、残酷《ざんこく》な声が聞こえる。

——奴の血は、黄泉《よみ》の封印《ふういん》をとく鍵《かぎ》だ
封印がとければ、黄泉の軍勢があふれ出し、地表を埋《う》め尽《つ》くす。

——殺せば魂《たましい》は解放される
瘴気《しょうき》に呑《の》まれた紅蓮の魂。完全に変貌《へんぼう》してしまう前に、化け物と成り果ててしまう前に、体を殺せば魂は救われるのだと。
殺せば、新たな十二神将騰蛇が異界に誕生する。
でも、それは。
昌浩の知っている、「紅蓮」ではない。
頭では理解している。自我をとおすべきではない。
選んではいけない。大事を忘れて利己に走れば、生涯悔《く》いが残るだろう。
否《いな》。
なにを選んでもきっと、悔いは残る。
誰かを犠牲《ぎせい》にしなければ、事態は収まらない。
わかっていても、それでも。
——しっかりしろよ…
失いたくないと、心の一番奥が叫《さけ》んでいる————。

立后の宣旨《せんじ》が二月二十六日にくだされ、藤壺《ふじつぼ》の女御《にょうご》だった章子《しょうこ》が中宮《ちゅうぐう》の位を賜《たまわ》ると、中宮だった定子《さだこ》は皇后に位上げとなった。

現在土御門殿《つちみかどでん》に宿下がりしている章子が参内するのは四月上旬《じょうじゅん》だ。それまでの間、重要な儀式《ぎしき》や行事というものは特にない。

あっても恒例《こうれい》の年中行事くらいで、大内裏《だいだいり》全体が気を引き締《し》めて取り掛《か》かるようなものではなかった。

そんな、三月に程《ほど》近い二月《がつ》下旬のとある日、参内していた昌浩は、吉昌《よしまさ》に呼ばれた。

いま、昌浩の傍《かたわ》らには、隠形している六合と太陰がいる。ときどき太陰が玄武になったり、六合が勾陣と交代したりしているが、基本的に常にふたりの神将が控《ひか》えている形になっていた。

「仕事中に父上に呼ばれるなんて珍《めずら》しい…」

「兄上！」

首をひねりながら吉昌の許に赴《おもむ》いた昌浩は、そこにもうひとりの姿を見つけて目を輝《かがや》かせた。

弾《はず》んだ声を聞いて、吉昌と差し向かいに腰《こし》を下ろして話していた青年が顔を向けてくる。

「おお、久しぶりだなぁ、弟よ」

相好を崩《くず》す兄の言葉に、昌浩は苦笑した。

「弟よって……」

「成親《なりちか》、仮にも職場だ。真面目《まじめ》にしろ」

父親にたしなめられた長兄の成親は肩《かた》をすくめると、昌浩のために少し座を移動した。

床《ゆか》にじかに胡坐《あぐら》をかいている成親の隣《となり》に腰を下ろして、昌浩は居住まいを正す。

「父上、お呼びということでしたが」

口を開いたのは成親だった。

「俺のお供だそうだ」

「は？」

思わず顧《かえり》みると、自分とはあまり似ていない、ひと回り以上年の離《はな》れた兄の顔が面白《おもしろ》そうに笑っている。

「俺もいま来たばかりだからな、これから詳《くわ》しい話を聞かせてもらうんだが、どうやら我ら兄弟は西国に流されてしまうそうだ。うーん、辛《つら》い道のりだなぁ」

「……成親」

「すみません」

渋《しぶ》い顔の吉昌に、成親は悪びれない風情で笑い返す。

安倍成親。昌浩とは十四年ほど年の離れた安倍吉昌の長子だ。

三十歳前にいきなり暦《れき》博士に昇進《しょうしん》した彼だったが、実はそれは彼の実力ではない。いや、確かに実力はあるのだが、ほかに彼を昇進させなければならない理由があったのだ。

息子《むすこ》ふたりを前にして、吉昌は息をついた。

「まったく、普段《ふだん》からそのような調子でいるのではないだろうな。もしそうなら、私は参議殿に顔向けができんぞ」

頭痛を起こしたようにしてこめかみを押している吉昌に、成親はううむと唸《うな》って腕を組んだ。

「義父《ちち》上は良くしてくれてますよ。ただねぇ、妻が相変わらず気が強いもので。日々縮こまって生活してます。見てください、こんなにやつれてしまったんですよ、なんてかわいそうな俺」

「言うに事欠いて…」

今度こそ本当に頭痛を起こしたのか、吉昌は片手で顔を覆《おお》った。対する成親はけろりとしたものだ。悲壮《ひそう》な内容の台詞《せりふ》とは裏腹に、実に血色の良い顔で飄々《ひょうひょう》と笑う。

昌浩が物心ついてすぐに、成親は左大臣家と遠戚《えんせき》の姫《ひめ》の婿《むこ》となった。相手は、藤原一門でも中の上程度の家柄《いえがら》で、位もそれなりに高位な貴族の長女だ。

ふたりが出会った当時、成親は二十歳《はたち》間近。父親の若い頃《ころ》によく似た精悍《せいかん》な顔と屈託《くったく》のない性格で、昌浩が聞いたところによればかなり人気があったという。内裏に仕える女房《にょうぼう》たちの中にも、実はひそかに成親に想いを寄せる者がいたとかいないとか。これは成親とふたつ違《ちが》いの次兄昌親《まさちか》から伝え聞いたことなので、信憑性《しんぴょうせい》は高いと思われる。

そんな青年をひと目見た藤原一族の姫は、当時十五歳。御簾《みす》越しに成親を見て、あの人とでなければ結婚《けっこん》しないと言い出した。

藤原一門であっても娘《むすめ》を后《きさい》がねにするほどの家柄ではなかったその貴族は、娘の希望を聞き入れて、突然《とつぜん》の申し出に呆気《あっけ》に取られた成親を拝《おが》み倒したのだった。

後年、昌浩にその話を聞かせてくれた昌親は、しみじみとこう結んだ。

「望まれて結婚したんだから幸せだと思うけど、義姉《あね》上は少々気が強いから、兄上はずっと負けつづけだろうなぁ」

余談だが、次兄の昌親も既《すで》に結婚して相手の家に入っている。安倍家に三男の昌浩だけしかいないのはそのためだ。

参議の娘婿ということで、成親は一足飛びで暦博士に昇進した。恨《うら》みを買わずにすんでいるのは、ひとえに屈託のない性格ゆえだろう。本当のところ、本人は出世にあまり興味はないのだが、舅《しゅうと》と妻のことを考えてそれなりに奮起しているのだった。名ばかりの博士と言われないよう、地位に見合った実力を、努力を重ねて体得しているのだ。

しばらく頭痛を堪《こら》えていた吉昌がため息をついた。

「……真面目な話だが」

「おや父上、これまでだって真面目な話だったじゃないですか」

「…………」

吉昌が再び沈黙《ちんもく》してしまった。

横目で兄を見上げた昌浩は、兄上はやっぱりじい様の孫だよなぁと考えている。

一度咳払《せきばら》いをして、吉昌は再び口を開いた。

「前々から話は聞いていたのだが、このほど左大臣様から正式に依頼《いらい》があった。西国、出雲国にて不穏《ふおん》な事態が生じている、気がかりゆえ陰陽師《おんみょうじ》を貸してほしいとのことだ」

今度は茶々を入れずに、真剣《しんけん》な面持ちで成親は領《うなず》いた。昌浩は黙《だま》って聞いている。

「出立は、占《せん》じた結果、三月に入ってからがいいと出た。出雲は遠い、急いでもひと月近くはかかるだろう。行って、向こうの様子を調べて、帰ってくる。これで三ヶ月はみたほうがいい」

頭の中で距離《きょり》と日数を計算した成親が領く。

「そうですね」

「そうなると、戻《もど》ってくるのは早くて六月」

吉昌は難しい顔をして腕《うで》を組んだ。

「あちらに滞在《たいざい》する日数が短ければ、五月のうちに戻ってこられるかもしれんが。いずれにしても長い」

「ですね。距離があるから若くて体力のある者でなければだめでしょうし、かといって若すぎても信用してもらえないから、人選が難しい。父上、俺が暦博士やってて良かったでしょう」

晴れやかに笑う息子に対し、父親は苦虫を噛《か》んだような表情をしている。

吉昌は昌浩を見た。

「成親ひとりでは不安がある。それで、陰陽生や暦生の誰《だれ》かを供につけようという話になったところ、お前が指名された」

昌浩は訝《いぶか》しげに眉《まゆ》を寄せた。

「指名というと…、頭《かみ》からですか?」

いいやと吉昌は首を振《ふ》る。

「蔵人所《くろうどどころ》の陰陽師殿《どの》だ」

一瞬《いっしゅん》、誰のことなのかわからなかった。が、すぐに思い当たって、昌浩は目を瞠《みは》る。

「じい様が?」

隣の成親が軽く目をすがめて、末の弟を一瞥《いちべつ》した。

「おじい様の仰《おつしゃ》ることだからな、誰も反論できなかったそうだ。大臣《おとど》様も異論なしということなので、三月に入ったら出立する」

　直衣《のうし》の袂《たもと》に手を入れて、成親はふいに破顔した。

「そういうわけで、出雲で会おう」

「え…？」

　兄の言葉の意味を摑《つか》みあぐねて、昌浩は目をしばたたかせた。

　まるで別行動するような言い草だ。自分は兄の供として同行するのではないのか。父の言葉はそういう意味だったはずだ。

　混乱している昌浩に、成親はあっさりと言った。

「表向きは一緒《いっしょ》に出立ということにするんだそうだ。詳しい話はおじい様に伺《うかが》ってこい」

　ふと、成親は目を細めた。

「大臣様の話とは別に、お前にはしなければならないことがあるそうだ」

　ようするに、俺はお前の隠《かく》れ蓑《みの》だな。ちゃんと蓑役に励《はげ》むから安心しろ。

　そう言ってからからと笑う長男を、吉昌が声が大きいとたしなめる。

　話が済んだので、成親は職場に戻るために立ち上がりかけ、ふと瞬《まばた》きをした。

「そうそう、昌浩」

　顔を上げた弟に、成親は深い色の目を向けた。

「うちのちびどもが、昌浩にいさまは来ないのかと騒《さわ》いでいる。準備があるから近日中には無理だろうが、出雲から戻ったら顔を出してくれないか」

成親には、六つになる長男を筆頭に三人の子がいる。昌浩の甥《おい》と姪《めい》だが、年が近いこともあって、彼らは昌浩を「にいさま」と呼んで慕《した》っていた。

この正月に久しぶりに会った子どもたちの顔が思い出されて、昌浩は口元をほころばせた。

「あ…、はい」

「うちの妻も、お前の顔を見たがってたからな、きっとだぞ」

じゃあなと手を振って戻っていく兄の背を見送っていた昌浩は、ふいに目を見開いた。

いままで考えもしなかったことに気づいて、愕然《がくぜん》とする。

喉《のど》がからからに渇《かわ》いて、いっきに血が下がった。

兄の子どもたち。一番下は、まだふたつになったばかりの女の子だ。一番目と二番目が男の子だった兄夫婦にとって、待望の娘だった。

正月に訪問したとき、兄の家は快く昌浩を迎《むか》えてくれた。義姉は気が強いが心根の優《やさ》しい人で、口ではあんなことを言いながら、成親が義姉をそれはそれは大切にしているのを、昌浩は知っていた。

膝《ひざ》の上で拳《こぶし》を固めて、昌浩はごくりと固唾《かたず》を呑《の》んだ。

成親だけではない。昌親のところも、先年女の子を授《さず》かった。昌親の妻は体の弱い人で、子どもを半ば諦《あきら》めていただけに、その喜びはひとしおだった。

青ざめた息子の顔色に気づいた吉昌が、気遣《きづか》わしげに覗《のぞ》きこんでくる。

「どうした？　まだ調子が戻っていないのなら、邸《やしき》に戻ったほうが…」

昌浩は慌《あわ》てて首を振った。

「いいえ。…違《ちが》います、少し、考え事をして」

「いや、やはり早めに帰ったほうがいいだろう」

言い差し、吉昌は苦笑《くしよう》気味に笑った。

「そして、父上にこの件の詳細《しようさい》を聞きなさい。ここのところ、まともに話をする機会もなかっただろう？」

5

父の許《もと》を辞した昌浩は、中断していた仕事をすませるために自分の職場に戻った。

「早めに帰れって言われたのに。なにをするの？」

昌浩の目線に合わせて宙に漂《ただよ》う太陰が首を傾《かし》げる。問われた昌浩は、青い顔をしながら頷いた。

「うん、来月の暦《こよみ》の書写。休んでたから、急がないと…」

月が替わるまで、もう幾日《いくにち》も残っていない。

昌浩は思案した。

三月から昌浩が成親の供として出雲に赴《おもむ》くとなると、雑用係がいなくなる。直丁《じきちょう》はもうひとりいるのだが、彼は暦と漏刻《ろうこく》の係になっているので滅多《めった》に顔を合わせない。

別にそちら側の仕事しかしてはいけないという決まりはないが、陰陽と天文の雑用だけでも相当に忙《いそが》しいので、全部をひとりでやるのは無理があるだろう。だから、昌浩が休むと雑用がたまるのだ。

「使部《しぶ》の方に、お願いしていかないとだめか…」

思案の末、昌浩はため息混じりに吐《は》き出した。

長期の出張扱《あつか》いだろうから、今回は誰にも気兼《きが》ねしないですむ。それだけは心が軽い。

料紙を用意して、部屋のすみに据《す》えられた文台につき、墨《すみ》をする。

——どれどれ…

はっと、昌浩は息を止めた。

文台にちょんと前足を乗せて昌浩の筆跡《ひっせき》を覗き込んでくる白い頭が、見えた気がした。だが
それは、瞬きをすればすぐに消える。

心臓が跳《は》ねた。

すくんだように動けなくなった昌浩は、瞬くこともできずに白い料紙を凝視《ぎょうし》する。

痛い。腹部に穿《うが》たれた傷が。手のひらの、爪《つめ》の食い込んだ痕《あと》が。そして。

気づいてしまった心が、悲鳴をあげる。

文台の隣《となり》に腰《こし》を下ろしてじっと昌浩の様子を見つめていた太陰が、低く唸《うな》った。

「……ひどい顔してるわ」

太陰は立ち上がった。

「やっぱり、吉昌の言うように帰るべきよ。書写なんて誰でもできるけど、あんたの傷はあんたでなきゃ治せないのよ」

そうよね、と、太陰は腰に両手を当てながら誰もいない空間を見上げて同意を求める。隠形《おんぎょう》している六合が、彼女に応じる気配がした。

「ほら御覧《ごらん》なさい、六合だってそうだって言ってるわ。それとも、わたしの言うことなんて聞けないわけ？」

ずいっと詰《つ》め寄ってくる太陰に、昌浩は慌ててそうではないと返した。

「そんなこと言ってないよ。ただ、これだけはやっておかないと…」

言い澱む昌浩の耳に、ばたばたと慌てたような足音が聞こえた。

気づいた太陰が首をめぐらせると、柱の陰《かげ》から眉《まゆ》を吊《つ》り上げた敏次が姿を見せる。

敏次は足を止めて、昌浩に目を向けた。剣呑《けんのん》な表情だ。怒《おこ》っているように見える。

「昌浩殿《どの》、聞いたぞ」

「はい？」

何のことかわからず思わず聞き返すと、敏次は目尻《めじり》まで吊り上げて睨んできた。

昌浩は焦《あせ》った。何か失敗しただろうか。だが、片づけも資材の手配も掃除《そうじ》も手は抜《ぬ》いていないし、暦の書写はこれからだが、今日明日中には終わらせて各省庁に配布するから問題ないはずだ。もしかしたら、それでは遅《おそ》いということだろうか。休んでいたから遅《おく》れてしまったので、これに関しては昌浩に反論の余地はないから、怒られたら謝るしかない。

様々な予測は、しかしすべてはずれていた。

敏次は文台をはさんで昌浩の正面に立つと、膝を折って目線を合わせた。

「成親様の供で西国に出立するということではないか」

「え？　ああ、はい、そうなったみたいです。だから書写を早く終わらせないと…」

「そんなことをしている場合か」

昌浩を強引に遮《さえぎ》った敏次は、ついでに文台に重ねておいた料紙までさっと取り上げた。

「出雲といえば遠い西国。長旅を控《ひか》えているわけだ。それなのにいまだにそんな顔色をしているとは、自己管理不足もはなはだしい！」

正論だ。ぐうの音も出ない。

しゃちこばっている昌浩に、敏次は不機嫌《ふきげん》そうにつづける。

「いまきみがしなければいけないのは、無理をせずに体調を万全に整えることだ、違うか！」

それまで、偉《えら》そうに説教している敏次を据わった目で睨んでいた太陰が、瞬《まばた》きをした。

「――――あら？」

敏次には太陰の姿は見えない。よって彼は、自分の顔を横合いからまじまじと、腕組《うでぐ》みして見上げてくる彼女の視線には気づかない。

敏次は憤然《ふんぜん》と、昌浩を叱《しか》っている。怒っているのではない、叱っているのだ。

「いいか、何事も体が資本だ。かく言う私も先日流感で大失態を演じてしまったが、だからこそ痛感した。無理をして長引かせるより、短期集中で治すことを最優先に心がけなければならない」

太陰は大きく頷《うなず》いた。

「もっともだわ」

それに呼応するように、敏次は大仰《おおぎょう》に息をついた。

「特にきみは病弱なきらいがある。長旅を控えたいま、誰《だれ》にでもできる書写など誰かに任せて、まず体調を整えるべきだとは思わないのか」

昌浩は茫然《ぼうぜん》と敏次を見返した。こんなことを言われるとは、思ってもいなかった。

心配、してくれているのだ。厳しい言葉を並べてはいるが、それはすべて昌浩を思いやってのものだ。

ふいに、耳の奥で懐《なつ》かしい声がした。

──急に動き回るんじゃない！　ずっっっと臥《ふ》せってた病み上がりが！

怒っていた、夕焼けの瞳《ひとみ》。脳裏《のうり》をよぎって、掻《か》き消える。

心配していたから、あれほどに怒った。誰よりも近くにいて、誰よりも昌浩を見ていたから。

いつもいつも無理をして無茶を繰《く》り返す昌浩を、本当に本当に心配して────。

昌浩は目をしばたたかせてうなだれた。膝の上に置いた手のひらを握《にぎ》り締《し》める。

「……………すみ…ません…」

力のない声に、敏次は逆に驚《おどろ》いたようだった。

それまでより幾分《いくぶん》か柔《やわ》らかい口調で、言い聞かせてくる。

「わかったのなら、帰り支度《じたく》をしなさい。上には私から伝えておく。西国行きの件はみなが知っているから、問題はないだろう」

昌浩は黙《だま》って頷いた。そして、文台の上で料紙の端《はし》をとんとんと揃《そろ》えている敏次を見返す。

「でも、書写を済ませないと…」

「ああ、案じなくても、私がやっておく」

以前もらった文の筆跡を思い出す。生真面目《きまじめ》で少し角ばって、自分のものとは違う、読みやすい文字だ。

真っ白い料紙をずらさないよう器用に数えながら、敏次は眉間《みけん》にしわを寄せた。

「仕方がないから、きみが戻《もど》るまでは、雑用は我々が分担する。だから余計な心配はしなくてよろしい」

ひといきついて、彼はふと語調を弱めた。

「私は自分の身を大事にできない者が好きではない」

「まったくだわ。敏次、あんた石頭だけど、言ってることはそのとおりね」

領いたのは太陰で、昌浩は無言で敏次の口元を見ているだけだ。

「無理をしても、誰も喜ばない。却《かえ》って悲しませることのほうが多いものだ。迷惑《めいわく》をかけることもあるだろう。正しい判断をしないと、あとで悔《く》やむことになる」

「……そうですね」

静かに領いて、昌浩は頭を下げた。

「すみません」

「わかればいい。さぁ、ここはこのままで構わないから帰りたまえ」

「はい」

殊勝《しゅしょう》に答えて、昌浩は立ち上がった。

廂《ひさし》のところで一度足をとめた昌浩は、敏次を振《ふ》り返る。

「どうした？」

気づいて問いかけてくる敏次に、昌浩は深々と頭を下げた。

「ありがとうございます」


敏次は、たいそう驚いた顔をしていた。

許可をもらって早々に退出した昌浩は、とぼとぼと安倍邸《てい》に向かっていた。

先ほどから一度も口を開かない。ずっと何かを思い悩《なや》んでいる様子で、太陰は昌浩に声をかけられずにいた。

六合はいつものように隠形している。たとえ顕現《けんげん》していたとしても、口数の極端《きょくたん》に少ない男だから、助けになるとも思えない。

気づかれないようにそっと息をついて、太陰は考え込んだ。

こんなとき、騰蛇だったらなんて言うのだろう。

あの、信じられない姿を思い出す。

太陰は、騰蛇《きら》が恐《おそ》ろしかった。誰かがいなければ、そばに寄ることもしたくなかった。

好きだとか嫌いだとか、そういった感情とは無関係に、本能が恐怖《きょうふ》を訴《うった》えて体が自然とすくむのだ。

それは騰蛇のせいではないだろう。だが、恐ろしいことには変わりがない。金の瞳が向けられると、無意識に身を引いてしまう。

騰蛇もそれがわかっていたのだろう。無闇《むやみ》に近づいてくることは決してなかった。

それが、少しずつ変わっていったのは、いつからだったろうか。

晴明が彼らの主《あるじ》となってからか。いや、違《ちが》う。もっとあとだ。

沈《しず》んだ顔をした昌浩の横顔をちらと見やって、太陰は目をしばたたかせた。

そうだ。

彼女たちの感覚では、本当につい最近。

この子どもが、産まれた辺りからだった。

『随分《ずいぶん》と、変わるものだな』

感嘆《かんたん》したような言葉は、確か勾陣のものだ。

だが太陰はそれまでと同じように騰蛇のそばには近寄らなかった。だから、どれほど変わったのか、知らなかったのだ。

物《もの》の怪《け》の姿を初めて見たとき、彼女は言葉を失った。

『あれが騰蛇⁉　そんなばかな！』

誇《ほこ》り高き十二神将が、あんな異形の姿を取るとは。信じられない。

だが。

——太陰、これほんとに紅蓮だよ
——これ言うな
思えばあれが、「騰蛇」の姿を見た、最後の光景だった。

耳の上で結《ゆ》ったくせのある長い髪《かみ》が、風もないのにふわりと揺《ゆ》れた。宙に浮《う》くためのかすかな通力が風のように彼女の髪をなびかせるのだ。

その動きが視界に入ったのだろう。昌浩がついと首をめぐらせてきた。

「太陰、あのさ」

「なに？」

昌浩が立ち止まった。気がつけば、一条《いちじょう》の戻り橋近くまで来ていた。

「俺、ちょっと車之輔のとこ行くから、先に戻っててよ。六合も一緒《いっしょ》に」

思いがけない言葉を受けて、太陰が目を丸くする。六合も顕現してきた。

昌浩はふたりに向き直った。

「すぐ近くだから心配ないよ。なにかあったらちゃんと呼ぶから」

太陰は、目と鼻の先にある安倍邸の門と戻り橋とを、交互《こうご》に見やった。

確かに昌浩の言うとおり距離《きょり》も近い。その点では問題はないだろう。だが、彼らふたりは晴明の命令で昌浩の護衛の任についているのだ。それを違えることはできない。

と、それを読み取ったのか、昌浩は更《さら》に言い募《つの》った。

「じい様にはあとで俺から言っておく。車之輔だっているし、もし動けなくなったとしても、乗っけてもらって運んでもらえるから、大丈夫《だいじょうぶ》」

　でも、そんな間抜《まぬ》けな事態になるのはちょっとやだなぁ。

　そう言って昌浩は苦笑《くしょう》した。

　太陰は六合を振り返った。自分では判断が難しい。ここは大人にゆだねたほうが賢明《けんめい》だ。もし玄武がいたら、そうやって人に押しつけるのはよろしくないのではないか、とでも言いそうだが、いないからいいのだ。

　六合はしばし思案していたが、やがて黙然《もくぜん》と頷いた。

「ありがとう。ほんとに、大丈夫だから」

　ほっとした目をして、昌浩は橋の下に降りていく。

　昌浩が川べりに降り立ち、妖車《あやかしぐるま》の許に近寄っていくところまでを見届けて、太陰と六合は隠形《おんぎょう》すると安倍邸に戻っていった。

　橋の下からそれを見ていた昌浩は、ふたりが邸《やしき》に入ったのを確認《かくにん》すると、そのまま大きく息を吐《は》き出した。

　剝《む》き出しの土の上に座り込んで、両手をぐっと握り合わせる。

　呼吸するたびに震《ふる》えが生じた。心臓が早鐘《はやがね》を打って、どくどくと音を立てている。

　その様子を見て心配した車之輔がおろおろと轅《ながえ》を上げ下げした。だが、それ以上どうすることもできず、息をひそめて見守っている。

長い、長い時間が過ぎた。

昌浩はうつむいたまま、微動《びどう》だにしなかった。

車之輔がそろそろと移動すると、傾《かたむ》いた太陽が沈もうとしている姿が見えた。

風も徐々《じょじょ》に冷たくなっている。車之輔は音を立てないようにして、小柄《こがら》な主の様子を窺《うかが》った。

膝頭《ひざがしら》に額を押しつけて、昌浩は唇《くちびる》を噛《か》んだ。

形にならない感情が、嵐《あらし》のように荒《あ》れ狂《くる》っている。胸の中で暴れ回るそれは、そのまま昌浩の葛藤《かっとう》だ。

「…………！」

あの夜、爪《つめ》の食い込んだ手のひらは、もうほとんど治っていて痛みはない。なのに、いまこの瞬間《しゅんかん》にも、ずきずきと痛んで、血が滴《したた》っているような気がする。

腹部の傷痕《きずあと》から生じる痛みは少しずつ和《やわ》らいできている。だが、いまだ消えない。

そして、心の中に穿《うが》たれた傷は、変わらずに血を流しつづけている。

——物の怪言うな

無意識に探してしまうのは、迷っているからだ。

諦《あきら》めたくなくて、諦められなくて。

示されたのとは違う道を求めて、あがいているからだ。

ふたつのものを選べない。どちらか一方しか選べない。
そして、片方は決して選んではならない答えだ。
――お前に、その覚悟《かくご》があるのか
いつか聞いた声が、耳の奥で木霊《こだま》する。
昌浩ははっと目を見開いて、震える声で呟《つぶや》いた。
胸の奥が、きしんでいる。
「……覚悟なんて、ない」
でも。
「もう、覚悟しないと、いけないんだよ……」
だって自分は、気づいてしまった。
自分が、失いたくないと思うのと、同じように。
みんながそう、思っていることに。
両親を、兄弟を、子どもを、友人を、恋人《こいびと》を。
昌浩はぐっと目を閉じた。瞼《まぶた》の裏に、たくさんの影《かげ》が行き過ぎる。
自分を愛してくれている優《やさ》しい両親。
目覚めたとき最初に見た彰子の顔と、頰《ほお》を滑《すべ》り落ちた涙《なみだ》のしずく。
久しぶりに会った大好きな兄。随分顔を見ていない、自分を慕《した》ってくる甥《おい》たち。
叱責《しっせき》しながらも助けの手を差しのべてくれる敏次。

そして、その人たちにつながるすべての命。迷ってはいけない。選択《せんたく》を誤ってはならない。それがどんなに辛《つら》い答えでも、自分は正面からそれを受けなければならないのだ。

おもむろに目を開く。

大きく息を吸い込んで、震えながら吐き出す。握《にぎ》り締《し》めた指先に力が込《こ》もって、白くなる。

黄泉《よみ》の軍勢を、地上に解放してはならない。

「…………屍鬼《しき》を……」

だから昌浩は、覚悟を決めなければいけない。

何も知らない人々を苦しめない。それが正しい、最良の選択だ。

螣蛇の血が黄泉の封印《ふういん》をとく鍵《かぎ》。螣蛇の魂《たましい》は黄泉の瘴気《しょうき》に呑《の》まれた。呑まれた魂は異貌《いぼう》の化け物に成り代わる。

そうなる前に。

討《う》つ。

屍鬼を。縛魂《ばくこん》の術で魂を搦《から》めとられ失った螣蛇を、この手で。

「…屍鬼を……、屍鬼を、討つ…！」

低くうめいたとき、鈍《にぶ》くきらめく金冠《きんかん》が視界の隅《すみ》に見えた。

昌浩は息を呑んで、そろそろと顔を上げた。

金色の輝《かがや》きがあった。それは、いつの間にか傾いていた黄昏《たそがれ》の光を弾《はじ》く、水面の色だった。

「…………」

言葉もなく天を仰《あお》げば、西の空が徐々に紅《あか》く染まっていく。

それとよく似た色を、昌浩は知っていた。

本当に良く似ていて。けれども、それより遥《はる》かに優しく、ほんの少し切ない色を。

そばにいるのだと、信じていた。何があっても、絶対に離《はな》れることはないと。

黄昏の光が目にしみて、昌浩は手をかざした。傷痕が鈍く痛んで胸まで貫《つらぬ》いてくるようだ。

失《う》せものの相が出ていると言われても、考えもしなかった。

――失《な》くさないように気をつけろ――……

眩《まぶ》しさに、昌浩は目を閉じた。

「………ごめん」

気をつけろと、言ってくれていたのにね。

でもさ。

お前だって、考えもしなかっただろう…？

かざしていた手をゆるゆると下げて、昌浩は瞑目《めいもく》したまま天を仰いだ。

「ほんとに…ごめん…」

奇妙《きみょう》に心が凪《な》いでいる。

ゆっくりと目を開けて、昌浩は徐々に色を変えていく空を見つめた。

幾《いく》つもの顔が浮かんで消える。大切な人たち。絶対に泣かせたくない人たち。悲しませたくない人たち。

雪の中で聞いた悲しい告白を思い出す。

もし、紅蓮が戻《もど》ったとしても。その心には、いままで以上に深い傷を負っているだろう。

体の傷はいつか癒《い》えて痛みも消える。だが、心の傷は癒えることなく、永劫《えいごう》の痛みと苦しみを与《あた》えつづけることになる。

失いたくなかった。でも、永劫の責め苦に等しい心の傷を残すくらいなら。

「ごめん……」

心に大きな穴が開いたようで、それを埋《う》めるものはもう戻ってこないのだ。


繰《く》り返し繰り返しつづられる謝罪の言葉は、誰《だれ》に向けられたものなのか。

少年の言葉を聞いているのは、彼の式にくだった心の優しい妖だけだった。

6

太陽がのろのろと大地に沈《しず》んでいくのを眺《なが》めていた貴船の祭神は、麓《ふもと》に近づいてくる妖の気配を感じ取った。

「――来たか…」

それは、ただの妖ではない。人の配下にくだった車の妖だ。

そしてその主《あるじ》は、彼女の目から見ればまだまだがんぜない子どもだった。

未熟な心は正しい道を選ぶのだろうか。

それとも、自分の願いのみを貫くのだろうか。

あるいは、肩《かた》にのしかかった重い荷物を、投げ捨ててうずくまるのだろうか。

船形岩に座すと、高淤の神は腕《うで》を組んだ。

五十余年前のことを、安倍晴明はその脳裏《のうり》に刻みつけているだろう。忘れたくても忘れられるはずはない。

巫女《みこ》を守れず失ってしまったことで、晴明は深く傷ついた。あのままでは心が闇《やみ》に囚《とら》われるだろうと考えて高淤は、決して関与《かんよ》しないことを前提にしながら、その様子を見守っていたものだ。

人は、どこまでも弱く、些細《ささい》なことでくずおれるほど脆《もろ》く。打ちのめされて立ち上がれず、もがき苦しんで、いつかそれすらやめてしまう。

冥《くら》く澱《よど》んだ目で世の中を見据《みす》えて、一切の希望を持てずに。生きているのではなく、ただ呼吸をしている、そんな姿に成り果てる者もいるのだから。

夜の帳《とばり》がおりていく中、時を数えながら待っていた高龗神は、枯《か》れ枝を踏《ふ》む音を聞いて顔を向けた。

「………」

その顔を見たとき、高淤は内心で感嘆《かんたん》した。

高淤の座した岩に歩み寄った昌浩は、水面の静けさに似た双眸《そうぼう》で神をひたと見据えた。

その視線を受けて、高淤はついと目を細める。

「心を定めたか」

「はい」

昌浩は一度目を閉じて深呼吸すると、震《ふる》えないように抑《おさ》えた声で言った。

「力を、貸してください」

「何の力を？」

間髪《かんはつ》入れぬ問いかけに、昌浩の喉《のど》が一瞬《いっしゅん》凍《こお》りつく。が、かすかに目許《めもと》を歪《ゆが》ませたあとで、硬《かた》い声を振《ふ》り絞《しぼ》る。

「あの、白い焔《ほのお》を。――――神殺しの、力を」

高淤の唇《くちびる》が、かすかに吊《つ》り上がった。

風向きが変わった。

昌浩の部屋でじっと座っていた彰子は、妻戸を開けて夜空を見上げた。

日が暮れてから大分経《た》っている。宵《よい》の口には見えていた星が、時を追うごとに雲に隠《かく》れてしまった。風もだんだん重くなっていて、雨の気配が漂《ただよ》いはじめていた。

そろそろ亥《い》の刻も半ばに近くなっているはずだった。

二月も終わりに近くなって、昼間は暖かく感じるようになってきた。でも、夜はまだ冷える。雨になったら、気温もぐっと下がるだろう。

昌浩はそれほど厚着はしていかなかったはずだから、あの出《い》で立《た》ちで夜遅《おそ》くまで出歩いていると、風邪《かぜ》を引いてしまうかもしれない。まだ体調も万全ではないはずだから、心配だ。

ため息をついた彰子の耳に、かすかな輪の音が響《ひび》いてきた。あれは、徒人《ただびと》には聞こえない音だ。

「車之輔だわ」

では、昌浩が帰ってきたのか。

ほっと息をついて、彰子は立ち上がった。


戻り橋の下に帰っていく車之輔を見送って、昌浩は邸《やしき》の門をくぐった。

妻戸の前に、憤然《ふんぜん》と仁王立《におうだ》ちになった太陰がいた。

「だましたわね！」

車之輔のところで考え事をするのだと言っていたくせに。何も告げずに車之輔を駆《か》って、いずこかへと出かけていったのだ。

責められた昌浩は、ばつの悪い顔で頭を掻《か》いた。

「あ…ええと、ごめん」

「勝手なことするんじゃないわよっ！　わたしたちが晴明に怒《おこ》られるんだからっ」

《………太陰、それくらいにしておけ》

隠形《おんぎょう》したままの六合にたしなめられて、太陰は矛先《ほこさき》を変えた。

「だって、昌浩の言葉を信じたから離れたのよ！」

《晴明の命令を違《たが》えた我々にも非はある》

六合は顕現《けんげん》すると、黄褐色《おうかっしょく》の瞳《ひとみ》を昌浩に向けた。

「今回限りだ」

太陰はまだ治まりがつかないようだったが、六合に目で制されて黙《だま》り込んだ。

そこに、彰子が早足でやってきた。

「昌浩、お帰りなさい」

「うん、ただいま」

笑い返して、昌浩は目を半分伏《ふ》せた。

「遅くなったときは、待ってなくていいよ」

「そうだけど、晴明様と吉昌様から出雲行きの話を伺《うかが》って…」

昌浩は目をしばたたかせた。表情を曇《くも》らせて、彰子は頰《ほお》に手を添《そ》える。

「出雲は遠いわ。ひと月近くかかるんでしょう？　昌浩、まだちゃんと治ってないのに」

それに気がかりなことがまだある。

姿を消した物《もの》の怪《け》だ。

ここのところずっと、昌浩は思い悩《なや》む風情《ふぜい》で険しい顔をしていた。何かを堪《こら》えるような辛《つら》い目をして、黙ってうつむいていることも多かった。

「吉昌様は三月に入ったら出立だって仰《おっしゃ》っていたから、もうすぐだわ。それで、できるなら明日からもう出仕を控《ひか》えてなるべく体調を整えたほうがいいって、吉昌様と露樹《つゆき》様が話していたの」

公的な出張だから、さすがに許されるそうだ。

陰陽寮《おんみょうりょう》の仕事は彰子にはよくわからないが、話を聞いていると、使部や陰陽生たちで雑事を分担することになったらしい。ひとりでこなすには大変な雑務も、数人で手分けをすればさほどの労力は必要ない。

「そっか……。迷惑《めいわく》かけるなぁ」

ため息をついて、昌浩は彰子に向き直った。

「待っててくれてありがとう。俺、これからじい様と対決してくるから、彰子はもうお寝《やす》み」

「対決？」

思わず聞き返すと、昌浩は軽く頷《うなず》く。

「そ。勝手に出雲派遣《はけん》要員にされちゃったから、あのたぬきに文句のひとつも言っておかないと。いつもいつも、決まってから言われるんだもんさ」

朗《ほが》らかな口調につられて、彰子も微笑《ほほえ》んだ。

ずっとふさぎこんでいた昌浩がこんな声で話すのは、本当に久しぶりだった。

だから逆に不安になる。無理をしているのではないかと。

「お寝み。雨がくるから、風邪引くんじゃないよ」

いささか心配そうな彰子の肩をぽんと叩《たた》いて、昌浩は身を翻《ひるがえ》した。

文台について暦《こよみ》を睨《にら》んでいた晴明は、廊下《ろうか》に人の気配を感じた。

ほどなくして呼びかける声がした。

「じい様、入っていいですか？」

「うむ」

律儀《りちぎ》に許可を得てから入ってきた昌浩を顧《かえり》みて、晴明は軽く目を見張った。

昌浩は、静かな顔をしていた。

傷を押して貴船に向かった夜から、常に重いものを抱《かか》え込み苦渋《くじゅう》をはらんだ瞳をしていたのに、それが消えている。

代わりに、十四歳の末の孫は、覚悟《かくご》の光をその双眸に宿していた。

燈台《とうだい》の仄《ほの》かな明かりを背にして、晴明は孫に向き直った。そして、昌浩が腰《こし》を下ろすのを待って、ゆっくりと口を開く。

「……明後日《あさって》、月が替わる」

昌浩は目をしばたたかせた。暦のとおりなのだから、それは当たり前だ。

怪訝《けげん》そうな視線を受けて、稀代《きたい》の大陰陽師は目許に厳しいものをにじませた。

「五十余年前、黄泉《よみ》の扉《とびら》がこじ開けられようとしたのは、月の替わる朔《さく》の日だった」

「それは…」

「天照大御神《あまてらすおおみかみ》と月読命《つくよみのみこと》。これらの神の加護が、地上から完全に消えてしまう夜だ」

はっと息を呑《の》む昌浩に、晴明は文台に載《の》せた暦を示した。

とは難しい」

「瘴穴《しょうけつ》を穿《うが》つことはいつでもできる。だが、天津《あまつ》神《かみ》の加護が降り注いでいる時に封印《ふういん》を破ることは難しい」

ゆえに、智《ち》鋪《しき》の宮司《ぐうじ》はあのとき、月の消えた夜がもっとも長い、冬の日を選んだのだ。

道反《ちがえし》の封印は、守り手である巫女《みこ》を失い、守護妖《よう》の力を以《も》ってしても守りきれぬほど弱まった。聖域につながる路《みち》は隠《かく》されているが、宗主《そうしゅ》一派がそれを突《つ》き止めるのは時間の問題だろう。

事実、晴明の占《せん》には、終局の影《かげ》が見えていた。

「もはや猶予《ゆうよ》はない。明日の黄昏《たそがれ》が刻限だ。日が落ちれば、奴《やつ》らは必ずや動き出す」

「では…」

言葉を失う昌浩に、晴明は力のない顔で笑った。

「わしではおそらく、力が及《およ》ばないだろう。お前に託《たく》す。——できるか？」

昌浩は僅《わず》かに目を細めて、こくりと頷いた。そのままうつむいて、口を開く。

「……高淤の神に、選択《せんたく》を迫《せま》られました」

すべての人か、それとも咎《とが》を負った神将か。

悩んで悩んで、深く深く苦しんで、ようやく導き出した答え。

「屍鬼《しき》を、討《う》ちます。………憑《よ》り代《しろ》ごと」

握《にぎ》り締《し》められた拳《こぶし》が、血の気を失《な》くして白くなっている。

昌浩の決意を聞いた晴明は、そうかと静かに頷いた。

そこにいたるまで、どれほど苦しんだのだろう。この孫は、紅蓮が宗主の手に落ちたあのときから、一度たりとも涙《なみだ》を見せていないのだ。

深呼吸して、昌浩は決然と顔を上げる。

「高淤の神から、神殺しの白い焰《ほのお》をお借りしました。神も、……神将も、討てる力だそうです」

それは、神の焰だ。

はるか昔、天地開闢《てんちかいびゃく》間もない頃《ころ》。神を殺した神がいた。その神は、その咎の許《もと》、父神の手になる十拳剣《とつかのつるぎ》で斬《き》り殺された。

その名を「軻遇突智命《かぐつちのみこと》」という。


昌浩の願いを受けて、高龗神は右手を掲《かか》げた。

手のひらに灯《とも》る、白い焰。

時折白銀の輝《かがや》きを放ち揺《ゆ》らめく、荘厳《そうごん》な力の具現だ。

ごくりと喉《のど》を鳴らす昌浩の耳に、凜《りん》と涼《すず》やかな言葉が届く。

「これは、神殺しの神、軻遇突智の焰」

「軻遇突智の…神…」

我知らず繰《く》り返す昌浩に頷き、高淤は語った。

「この高淤が天より大和《やまと》におりる際、父なる神から託された」

高天原《たかまがはら》には必要のないものだと。焔を制する水の力でもって封じよと。

「これは形のない焔。神の魂《たましい》はこの焔で焼かれれば消える。……神の力だ、人の身ではあつかえまい」

「そ…っ」

昌浩は思わず声を上げそうになった。片手を振《ふ》ってそれを制し、貴船の祭神は厳《おごそ》かにつづけた。

「だが、お前の覚悟と決意は確かに受け取った。力を貸そう。この焔の力を」

ふわりと揺らめいた焔が白銀の閃光《せんこう》を放つ。

昌浩は咄嗟《とっさ》に手をかざして目許を覆《おお》った。視界が白く染まる。

何か、言葉にできない冷たいものが、自分の体を取り巻いたのが感じられた。呼吸とともに、白い霧氷《むひょう》が体内に流れ込む。

やがて、輝きは失せ、あの冷たい神気も消えていた。

昌浩は茫然《ぼうぜん》と自分の両手を見つめた。寒くもないのに震《ふる》えが生じる。胸の奥に、凍《い》てついたものが燃え上がって揺れている。

言葉もなく顔を上げると、高淤の視線とぶつかった。

荘厳で清冽《せいれつ》な神気にその身を包む高龗神は、超然《ちょうぜん》と告げた。

「お前の中に、神殺しの焔が宿った。それは依り代を必要とする。でなくば、具現化すること

はかなわない」

それは、人の力の及ばない部分だ。

「戦いに臨《のぞ》むのであれば武器を持て。それに軻遇突智の力が宿る」

だが、その武器もただの武器では意味がない。それ自体に通力の宿るものでなければ、軻遇突智の焔は真の力を発動することができないだろう。

腕《うで》を組んで、神は冷たく笑んだ。

「安倍晴明率いる十二神将、うちのひとりにうってつけがいる。そいつに借りることだ」

「うってつけ…？」

いぶかしむ昌浩に、高龗神は涼やかに応じた。

「十二神将、火将朱雀。神将殺しの任を担《にな》う。唯一《ゆいいつ》、同族殺しを許される者だ」

朱雀の姿を思い起こして、昌浩は息を呑んだ。

「……どうして、そんな」

「十二神将の中で、火将はふたり。騰蛇は地獄《じごく》の業火《ごうか》で生きとし生けるすべてのものを焼き尽《つ》くす」

騰蛇の名を聞いて、昌浩の顔からすっと血の気が引いた。

高淤はそれに気づいたが、構わずにつづける。

「そして、もうひとり、朱雀。奴の炎は浄化《じょうか》だ」

その炎に焼かれれば、どんな罪も清められるという。

「十二神将が誕生してから幾星霜《いくせいそう》、朱雀がその刃《やいば》をふるったという話は聞かんがね。それでも奴が『神将殺し』の力を持っているのは確かだ。これまではその必要がなかったのだろうが、こうなってはそうもいくまい」

「神将…殺し…」

呟《つぶや》くと、天一のそばで穏《おだ》やかに笑っている朱雀の姿が脳裏《のうり》に浮《う》かんだ。

そういえば、朱雀はどうしているのだろう。やはり、天一の傍《かたわ》らにいるのだろうか。

昌浩は唇《くちびる》を噛《か》んだ。

天一は異界にいるという。自分が負った傷を「移し身」の術で引き受けて、どんな容態でいるのだろうか。

そっと腹部を押さえると、いまだに癒《い》えない傷が痛んだ。

手のひらを握り締めて、昌浩は瞑目《めいもく》した。

死なないでほしい。これ以上誰《だれ》かを失うのは、耐《た》えられない。

体の奥深くに宿った神の焔は、内側から昌浩を圧迫《あっぱく》してくるようだった。胸の奥から絶え間なく脈動が生じてくる。

それを読んだのか、高淤はついと目を細めた。

「お前が事を成せば、軻遇突智の焔は自然に消える。辛《つら》いかもしれないが、耐えることだな」

昌浩は黙然《もくぜん》と頷《うなず》いた。

努めて呼吸を整えると、昌浩は真摯《しんし》に頭を下げた。

「ありがとうございます」

そのままきびすを返そうとした昌浩を、高淤はふいに呼び止めた。

「待て」

振り返った昌浩は、神に見据《みす》えられて立ちすくむ。なんと深く、冷たく、穏やかな双眸《そうぼう》だろうか。まるで吸い込まれそうだ。

「人の子よ」

高淤の神が放つ言霊《ことだま》が、夜闇《よやみ》を裂《さ》いて響《ひび》いた。

「その決意に免《めん》じて、お前にもうひとつの選択を与《あた》えよう――」

最後に聞いた言葉が、耳の奥に甦《よみがえ》った。

もうひとつの選択。それは。

「…………」

昌浩は僅かに目を伏《ふ》せた。

ふつりと黙《だま》り込んだ昌浩の様子を訝った晴明が口を開きかける。しかしその前に昌浩が晴明を見返した。

「………じい様。朱雀は、どうしてますか」

晴明の眉《まゆ》がぴくりと動く。彼自身も、朱雀と天一の姿をその目で見たわけではない。

「異界で、天一の傷が癒えるのを待っているそうだ」

そうですか、と呟いて、昌浩は痛みを堪《こら》えるような顔をした。喉の奥に言いたいことがわだかまっている。でも、それは何一つはっきりとした形にならずに消えていく。

重い沈黙《ちんもく》が流れた。

燈台《とうだい》の炎《ほのお》がじじ、と音を立てて揺れた。闇に落ちたふたりの影《かげ》が歪んでのびる。

しばらくして、昌浩はぽつりと言った。

「………雨が」

孫の言おうとしたことを理解して、晴明は視線を蔀戸《しとみど》に向けた。

ほんの僅かに開いた蔀戸の向こうで、暗雲の重く垂れ込めた空から雨粒《あまつぶ》が落ちはじめていた。

蔀戸の向こうを見つめたまま、晴明は末孫に語りかける。

「……明日の朝、夜明け前に、太陰に送らせよう」

風将太陰の風に乗れば、遅《おそ》くとも夕刻前には出雲にたどり着くことができるだろう。

「あれの風は荒《あら》っぽいから、気をつけてな」

晴明にも覚えがある。十二神将たちと主従の約定を結んだばかりの頃だ。はりきった太陰の竜巻《たつまき》で目を回し、それ以来よほどのことがない限り白虎の風を頼《たの》むことに決めていた。

だが、白虎の風は穏やかな分だけ太陰のそれに速度で劣《おと》る。いまは一刻もむだにできない。

「太陰と、玄武、六合、勾陣をつける。特に勾陣は、……紅蓮に次ぐ通力を有している。頼《たよ》りになるだろう」

昌浩は黙って頷く。そして、真摯な面持《おもも》ちで晴明の横顔を見つめた。

「じい様。お願いがあります」

晴明は、いやに硬《かた》い昌浩の声に引かれて視線を向けた。

背筋をのばして自分をまっすぐ見ている昌浩と目が合う。昌浩は瞬《まばた》きもせずに言った。

「もし……」

そのあとにつづいた言葉を聞き、晴明の瞳《ひとみ》は凍《こお》りついた。


翌日に備えて休むために昌浩が退室すると、それまで隠形《おんぎょう》していた勾陣が姿を見せた。

晴明の影がのびている。燈台のともし火で、力なくうつむいた姿が歪《ゆが》んで揺《ゆ》れる。

勾陣は閉《と》ざされた妻戸に視線をやった。

「晴明。あれは確かに、お前の孫だな。騰蛇の断言したとおり」

晴明の背がぴくりと反応する。勾陣はそれを見ないふりをした。

奪《うば》われたなら奪い返す。そう言い放ったのは勾陣だった。が。

「私は騰蛇を諦《あきら》めようとは思わない。——が、お前たちが心を定めたのなら、それに異を唱えることはできない」

十年ほど前から、騰蛇は変わった。それまでの、触《ふ》れれば切れそうな、抜《ぬ》き身《み》の刃《やいば》にも似た冷たさが少しずつ消えて。

代わりに、よく笑うようになった。

まだろくに歩けもしない赤子を指して、これが晴明の唯一の後継《こうけい》だと騰蛇が断じたとき、勾陣は初めて彼の笑《え》みというものを見たのだった。

彼女たち十二神将にとって、人間の命は瞬きにも似た儚《はかな》いものだ。しかし、誰も為《な》しえなかったことを、その儚くもろい人間の子どもが成し遂《と》げたのだ。

十二神将最強の、地獄の業火を司《つかさど》る火将騰蛇。その姿が脳裏に浮かぶ。彼女の通力を唯一凌駕《りょうが》する、なんの疑いもなく背を預けられる、相手だ。

しばらく黙していた勾陣は、そっと息をついた。

「……朱雀の太刀《たち》を借りてこよう。昌浩には、必要だろう？」

晴明は無言で頷く。

勾陣は僅《わず》かに目を伏せて、ふいと姿を消した。

さあさあと、雨が降っている。

夜明けには、やんでくれるだろうか。

晴明は立ち上がって妻戸を開けると、その隙間《すきま》から簀子《すのこ》に出た。

どこまでも闇がつづいている。目がだんだん慣れてくると、雲間から落ちてくる雨のしずくが見えた。

庭に茂《しげ》った草木の葉を叩《たた》いて、雨粒が落ちていく。

晴明は天を仰《あお》いだ。

「……孫、か」

あれだけがお前の孫だと、鮮《あざ》やかに言い切った高めの声が、耳の奥で響いて消える。

しわに囲まれた晴明の目が、切ない光を帯びた。

妻に傍らにいてほしいと、これほどに切望したことはいままで一度もなかった。何十年も前に逝《い》ってしまった。晴明を、そのあたたかな心で包み込んでくれた女。

もし彼女が、何も言わずに寄り添《そ》ってくれていたなら、堪《こら》えることができるのに。

「確かに、そうだのぅ……」

かすれた呟きは、雨音にまぎれて掻《か》き消された。


――異界。

闇の中で、天一を腕《うで》に抱《だ》いた朱雀は目を閉じていた。

どれほどの時が過ぎたのか、もはや数えてもいなかった。

昌浩の傷をその身に移した天一は、それきり目覚めることなく、かすかな呼吸を繰《く》り返していた。

呼吸が止まれば、その姿は光に包まれ粒子《りゅうし》となってゆるやかに消えていく。そして、最後の粒子の残滓《ざんし》まで闇にとけた瞬間《しゅんかん》に、新たな神将が誕生するのだ。

それまでに培《つちか》った何もかもを失って、まったくの新しい、白い魂《たましい》を持って。

――二度と、あなたを悲しませない……

信じている。天一の残した、最後の言葉だ。

腕に力を込めて、朱雀は唇《くちびる》を噛《か》んだ。

「天貴……、天乙貴人《てんおつきじん》…どうか…」

十二神将天一の持つもうひとつの名を唱えて、切に願う。

いくな。

この腕の中からすり抜けて、心だけを置き去りにしていくことだけは、しないでくれ。

魂を裂かれるようなあの苦しみを、悲しみを、朱雀は忘れていない。

「目を、覚ませ……！」

それは、祈《いの》りにも似た想《おも》いだ。

その姿を見た勾陣は、さすがに声をかけるのをためらった。

痛ましい背中が、誰《だれ》も近寄るなと訴《うった》えている。だが、主《あるじ》の命令を違《たが》えるわけにはいかない。

「……朱雀」

呼ばれた朱雀の背が、かすかに反応した。だが、それだけだ。

返答は期待していなかったので、勾陣は構わず歩を進める。

「晴明の命令を伝える」

やや置いて、抑揚《よくよう》の欠けた硬い声が返った。

「晴明は、なんと?」

「貴船の祭神高龗神より、昌浩が神殺しの焔《ほのお》を借り受けた」

朱雀は瞠目《どうもく》した。それがなにを意味するのか、わからない男ではない。

「かの焔は人の身では扱《あつか》うことができない。依《よ》り代《しろ》がいる」

「…………そうか」

顔を上げて、朱雀は瞼《まぶた》を落とす。

「心を定めたか」

右手を横にのばして、朱雀はその手をひらめかせた。彼の瞳とよく似た光彩《こうさい》の輝《かがや》きが生じて、それが長大な太刀の姿となった。

宙に静止したそれは再び燐光《りんこう》を放ちはじめた。光は徐々《じょじょ》に凝縮《ぎょうしゅく》されていき、やがて彼の大太刀の姿となった。刀は三尺にも満たない大きさの剣《つるぎ》に変形した。

「……焔の刃《やいば》、か」

呟《つぶや》いて、勾陣は背を向けたままの朱雀の手から、剣を受け取った。

朱雀は一度も勾陣に目を向けることなく、再びうつむいた。

「……騰蛇を焼くのは、俺の役目だと思っていた」

理《ことわり》を二度までも犯《おか》した騰蛇。しかし、一度目のときも、二度目のときも、騰蛇を殺すことは安倍晴明が許さなかった。

朱雀がしないのであれば自分が殺すと、だから青龍が息巻いた。唯一《ゆいいつ》の主を死の淵《ふち》に落とした騰蛇に、奴《やつ》は怒《いか》りを爆発《ばくはつ》させていた。

騰蛇と青龍はもともと折り合いが悪かったのだ。それでも互《たが》いに干渉《かんしょう》しないようにしている間はまだよかったが、騰蛇が理を犯してからは、その対立は決定的なものとなった。

青龍は理を重んじる。天の理を犯した者を、眷属《けんぞく》とは認めない。どこまでも頑《かたく》なで、取りつく島のない性格だ。

対する騰蛇は他者に干渉することを嫌《きら》う。常に孤独《こどく》の中にいて、その真意を滅多《めった》に見せることはなかった。

「俺は、誰のことも嫌いではない」

独語にも似た呟きだ。勾陣は目をしばたたかせて、薄《うす》く微笑《びしょう》した。

「そうか」

「役目であっても、手にかけるのは、心が重い」

だが、だからといって逃《に》げようとも思わない。逃げたりすれば、天一に責められるだろう。

それとも、何も言わずにじっと見つめてくるだろうか。いまにも泣きそうな、深いあの瞳で。

朱雀の言葉に耳を傾《かたむ》けていた勾陣は、手にした剣の刀身を一瞥《いちべつ》した。放たれるのは、焔の波動だ。

「確かに、預かった」

背後にあった気配が消えるのを感じて、朱雀は目を落とした。

誰より大切な恋人《こいびと》の、固く閉ざされた瞼。血の気の失せた肌《はだ》は紙のように白い。

刻々と生気が削《そ》がれていくのがわかる。それでも彼女は全霊《ぜんれい》で戦っているのだ。

朱雀と交《か》わした約束を違えぬために。

「……………螣蛇よ」

お前の中に、違えられないものがあるのではなかったのか。もはやそれも届かぬ場所に、魂が呑《の》まれてしまったか。

三度《みたび》理を犯して、他の誰よりも螣蛇自身が己《おの》れを許せないだろう。

そして、許されたいとも思わないに違いない。

閉じた瞼の裏に、長身の後ろ姿と、白い物《もの》の怪《け》の影《かげ》が浮《う》かんだ。

朱雀は静かに息を吐《は》いた。

そういえば。

どうして螣蛇があんな姿を取ることに決めたのか、誰も知らないままだったのだ———。

7

さあさあと、雨が降っている。

雨音は、いつかの秋の日を思い起こさせる。


目覚めたときより幾分《いくぶん》か、雨足が弱まってきた。

簀子に出て見上げると、北側の空から雲が薄くなっているのがわかった。じきにやみそうだ。

雨を司《つかさど》る龍神《りゅうじん》、高龗神からのはなむけだろうかと埒《らち》もないことを考えて、昌浩はふいと自分の手のひらを見た。

食い込んだ爪《つめ》の痕《あと》はほとんど消えている。あの時の傷と心の痛みが甦《よみがえ》って、昌浩は手のひらをそっと握《にぎ》り、額に押しつけた。

重い息を吐き出して、昌浩は厨《くりや》に向かった。母の露樹が朝餉《あさげ》の支度《したく》の真っ最中で、せわしなく動き回っている。

戸口のところに立っている息子《むすこ》に気づいて、彼女は顔を向けてきた。

「ああ、おはよう昌浩」

「おはようございます」

笑顔《えがお》を見せる露樹に笑い返して、昌浩は彼女の手元を覗《のぞ》き込んだ。

「母上、なに作ってるの？」

「おにぎりですよ。お前が早々に出立すると、殿《との》が突然《とつぜん》仰《おつしや》ったから」

「うん、そう」

「朝餉の用意もできているけれど、食べていく時間はあるの？」

「…ちょっと、ないかもしれません」

ほらねと露樹は握った強飯《こわいい》を指した。

「だから、これを持っておいきなさい。お行儀《ぎようぎ》が悪いけれど、歩きながらでも食べられるでしょう？」

「うん。…ありがとう、母上」

頷《うなず》いて、邪魔《じやま》にならないよう少し下がると、忙《いそが》しそうに動き回る母の背を昌浩はしばらく見つめていた。

いつの間に、母はこんなに小さくなったのだろう。

以前そう口にしたら、そりゃ違うだろうと反論されたことがある。

逆だ。お前が大きくなったから、小さくなったように見えるだけだって。

「……ほんとだね」

誰にも聞こえない声でつづって、昌浩は厨を出て今度は奥の一室に向かう。

まだ参内《さんだい》まで時間のある吉昌が、文台に向かって書物を繰《く》っていた。

「おはようございます」

「おはよう。急がなくていいのか？」

「すぐに出立します。人目につかないように」

応じる昌浩を振《ふ》り返って、吉昌は微苦笑した。

「本当に、お前が一番父上と性分《しょうぶん》が似ているようだなぁ。人目を忍《しの》んで動き回るところなど、そっくりだ」

昌浩は眉《まゆ》を寄せた。

「そうですか？」

「そういう、自覚がないところもよく似ている」

昌浩は困ったような顔で笑った。その目が深い感情をはらんで揺《ゆ》れている。

「そんなに、似てるかな…」

「ああ、似ているよ。うらやましいくらいだ」

面白《おもしろ》そうに笑う吉昌は、晴明とはあまり似ていない。かといって、母の若菜《わかな》に似ているかというとそうでもなく、吉昌自身もよく覚えていない父方の祖父似だということだ。昌浩の曾祖《そうそ》父に当たる人だが、顔も知らない人に似ているといわれても、反応に困る。

「朝餉の支度ができているそうです」

「わかった。すぐに行く」

書物を片づける父の背をじっと見つめて、昌浩は目を細くした。そのままくるりと向きを変えて、自分の部屋に戻《もど》っていく。

部屋に戻った昌浩は衣《ころも》を着替《きが》えて、数枚の符《ふ》を懐《ふところ》にしまった。髪《かみ》を一度といてから手櫛《てぐし》で梳《す》いて、首の後ろできっちりと括《くく》りなおす。

すみに書物を積み上げた、雑然とした自分の部屋をぐるりと見回した。よく、散らかした書物や巻物を、物の怪がぱたぱたと器用に片づけていた。そのたびに呆《あき》れた口調で、お前はほんとに片づけるのがへただなぁとため息をついていたものだ。

頭をひとつ振り、昌浩は部屋を出て妻戸をきちんと閉めた。そろそろ、行かないと。

足を進めていた昌浩は、途中《とちゅう》の簀子《すのこ》にたたずむ姿を見つけて立ち止まった。

雨の落ちてくる空を見上げていた彰子は、昌浩に気づいて破顔する。

「おはよう、昌浩」

「おはよう」

そばまで近寄っていくと、彰子は首を傾ける。

「さっき起こしに行ったら、もういないんだもの。驚《おどろ》いちゃったわ」

「まだそんなに明るくないうちに目が覚めたんだよ。……そろそろ夜明けも早くなってきたのにね」

さあさあと降っている雨の音が、昌浩の眠《ねむ》りを妨《さまた》げた。

夢を見た。目覚める直前に見ていたその夢は、暖かくて優《やさ》しくて。いつまでもいつまでも見ていたいような、とてもとても切ない夢で。

余韻《よいん》を忘れたくなくて、しばらく横になったまま、やまない雨の音を聞いていた。

「………出雲から、どれくらいで戻ってこられるのかしら」

唐突《とうとつ》につむがれた問いかけに、昌浩は瞬《まばた》きをして首を傾《かし》げた。

「多分…早ければ、三ヶ月くらいかな」

「六月には、帰ってこられる？」

「急げば、多分。でも、どうし…」

言いかけて、はっとした。

五月の終わりから、六月の上旬《じょうじゅん》にかけて。それが、貴船の螢《ほたる》の季節だ。

自分をまっすぐ見つめてくる彰子に、昌浩は様々な感情がない交ぜになった顔で答える。

「約束、したね」

こくりと頷く彰子に、昌浩は仄《ほの》かな笑みを返した。

「うん。わかった。できるだけ早く、……帰れるように頑張《がんば》る」

その言葉を聞いて、彰子はようやく安堵《あんど》の表情を浮かべた。が、すぐにそれが消える。

「…昌浩」

少し言い澱《よど》んでうつむき、彰子は両手を合わせて握り締《し》めた。

「………もっくんは、帰ってくる？」

昌浩の瞳《ひとみ》が凍《こお》りつく。それを認めて、彰子の顔が強張った。

何度も口を開きかけて、しかし思うような言葉が出てこなくて、彰子は必死になった。

「帰って、くるんでしょ？　だって、約束したのよ。知らないことを教えてくれるって。私まだ、この国がどうやってできたのか、もっくんにつづきを教えてもらってないの」

本当は、彼女が一番聞きたいのは、別のことなのだろう。昌浩にはそれがわかった。

物の怪は、どうしたのか。どこに行ってしまったのか。

重傷の昌浩が運ばれてきたあの日から、姿が見えなくなってしまったのはなぜなのか。

いったい何があったのか。どうして昌浩たちは何も言わないのか。

聞きたくて尋《き》きたくて、でも懸命《けんめい》にそれを堪《こら》えていたのだ。

雨が、やみかけている。

雲が切れれば日が射《さ》してくるだろう。その前に行かなければ。

昌浩は、彰子の問いに答えなかった。その代わりに、首からいつも下げていた匂《にお》い袋《ぶくろ》をはずして、彼女の手を取って手のひらにのせる。

「落とすといけないから、預かっててくれ」

遠い国で、失《な》くしてしまわないように。大切なものを、もう二度と失わずにいられるように。

「俺がいなくても、これがきっと彰子を守ってくれるから」

彰子は瞬きをして不思議そうな顔をした。

「でも、私も同じ匂い袋を持ってるわ。だったら昌浩が持っていったほうが…」

「彰子に、持っててほしいんだ」

真剣《しんけん》な面持ちで言い切られて、彰子は匂い袋と昌浩の顔とを交互《こうご》に見やったあと、こくりと頷いた。

「じゃあ、帰ってくるまで預かってるから。体には気をつけてね」

「うん」

《……そろそろ》

ふいに、声ならぬ声が耳元に響《ひび》いた。玄武だ。そのまま気配が遠のく。

「昌浩……」

言い募《つの》ろうとした彰子を見つめる。

初めて会ったのは一年前の春で、ふたりともいまより背が低く、傍《かたわ》らに物の怪がいた。それから様々な事件を経て、運命に翻弄《ほんろう》された末に、彼女はそれらを乗り越《こ》えてここにいる。

その右手に刻まれた、醜《みにく》く引き攣《つ》れた傷痕《きずあと》と引き換《か》えにして。

生涯《しょうがい》かけて彼女を守ると誓《ちか》った。その想《おも》いは、これまでも、そしてこれからも、決して変わることはない。

眩《まぶ》しそうに目を細めて、昌浩は手をのばし、彰子をふいに抱《だ》き締めた。

息を呑《の》む気配が伝わってきた。

腕《うで》の力を強めて、昌浩は彰子の肩口《かたぐち》に顔をうずめる。

心は変わらない。何があっても、いつまでも。決して。

しばらくそうしていた昌浩は、開きかけた唇《くちびる》を噛《か》み、ようやくひとことだけ、告げた。

「——行ってくる」

顔を見ないように彰子から離《はな》れて、昌浩はそのまま身を翻《ひるがえ》した。

その背を茫然《ぼうぜん》と見送った彰子は、渡《わた》された匂い袋に視線を落とした。革紐《かわひも》のついたこれは、ずっと前に昌浩に彼女が贈《おく》ったものだ。

昌浩は仕事で出雲に行くのだ。ただそれだけのはず。

なのに、胸をよぎるこの不安は、なんだろう。

「…………」

両手で匂い袋を握《にぎ》り締めて、彰子は目を閉じた。

雨が上がったばかりの門前では、晴明と神将たちが昌浩を待っていた。

孫の姿を見て、晴明は軽く目を見張った。

「……墨染《すみぞめ》の衣など、持っていたのか、お前」

昌浩がまとっているのは、墨染の狩衣《かりぎぬ》と狩袴《かりばかま》だった。両手には手甲《てっこう》をはめている。夜警に出るのと同じ出《い》で立《た》ちだ。他《ほか》に荷物はない。

まだ早い時間なので、彼らのほかに人影《ひとかげ》はない。

昌浩は戻り橋の下にいる妖車《あやかしぐるま》のことを思い出し、晴明に頼《たの》んだ。

「じい様、式の車之輔をお願いします」

晴明は無言で頷《うなず》き、懐に手を差し入れた。

「これを」

彼が懐から取り出したのは、青い玉《ぎょく》をつないだ数珠《じゅず》だった。くすんだ緑色の勾玉《まがたま》が四ついている。

「じい様はしなければならないことがあるからな。遅《おそ》くなるが……」

数珠を受け取った昌浩はそれをじっと見つめて、黙《もく》したまま晴明を見上げた。

「必ず後を追う。が、間に合わないかもしれん」

だから、それまでお前が頑張れ。

重々しい口調で言ったあとで、晴明は薄《うす》く笑った。

「ま、勾陣たちがおるから、心配はないだろうがの」

「当たり前じゃないっ」

ふたりの間に割って入った太陰が胸をそらす。

「十二神将をなんだと思ってるのよ。負けてたまるもんですかっ」

勢いよく断言し、太陰は西方を振《ふ》り仰《あお》いだ。

彼女の周囲に凄《すさ》まじい突風《とっぷう》が生じ、渦《うず》を巻く。

「行くわよっ！」

神将たちと昌浩の姿が竜巻《たつまき》に呑み込まれた。

晴明は咄嗟《とっさ》に手をかざした。烏帽子《えぼし》が飛ばされかけるのを片手で押さえる。暴風に煽《あお》られよろめいたところを、のびてきた手に腕を摑《つか》まれ、かろうじて持ちこたえた。

吹《ふ》き荒《あ》れていた突風が唐突に治まった。はためいていた袂《たもと》が落ち着く。

昌浩たちの姿は消えている。晴明は息をついて振り返った。

佇立《ちょりつ》しているのは、長身の神将だ。首の後ろで括《くく》られた青い髪《かみ》と右肩にかかった長布が、風の余韻で翻ってゆっくり下りていく。

「宵藍《しょうらん》」

ずっと姿を見せなかった青龍だった。

驚《おどろ》いて目を見張った晴明に、西方の空を睨《にら》みながら青龍は問うた。

「行ったか」

晴明の目が剣呑《けんのん》さを帯びる。彼は青龍と同じ彼方《かなた》を眺《なが》めやった。

「ああ…」

◆　◆　◆

ぴちゃんと。

滴《した》り落ちる水の音が聞こえた。

重く閉《と》ざされていた瞼《まぶた》をのろのろと開き、嵬は瞳だけで周囲を見回した。

ぞくりと悪寒《おかん》が這《は》い登ってきた。

漆黒《しっこく》の翼《つばさ》が濡《ぬ》れている。異様に寒かった。

のろのろと首をもたげて、嵬はすぐ傍らに、横たわった幼い姫《ひめ》の姿を捉《とら》えた。

『ひ…』

『黙《だま》れ』

左の鴉《からす》がくわりとくちばしを開く。

『あの娘《むすめ》の命が惜《お》しいのならば、決して口を開くな』

嵬は低くうめいた。

いまの自分には、戦えるだけの力がない。言いなりになるしかなかった。

悔《くや》しさを噛み締《し》めながら、嵬は身を起こして風音を見つめた。左の頭は自分の体に根を張っている。切り離さなければならないだろうが、自分ではそれができない。

嵬はふと訝《いぶか》しんだ。

自分もそうだが、風音の全身も濡れている。それに、異様に寒い。聖域には、こんなに暗く寒々しい、岩に囲まれた地はなかったはずだ。

ぐるりと周囲を見渡した。千引磐《ちびきのいわ》も見当たらない。榎岦斎の骸《むくろ》に憑依《ひょうい》した智鋪《ちしき》の宮司《ぐうじ》は、自分たちをどこに運んだのだろうか。

嵬の疑問を感じ取ったのか、左の鴉がせせら笑った。

『知りたいか、道反《ちがえし》の守護妖《よう》』

死したはずの榎岦斎の声で、鴉は嘲《あざけ》りを隠《かく》しもせずに言い放つ。

『知ったところで貴様には何もできん。が、無力さを嘆《なげ》く愚《おろ》かな姿を見るもまた一興』

己《おの》れ、と、嵬は歯軋《はぎし》りするような思いだった。

智鋪にそそのかされた岦斎が巫女《みこ》を聖域から連れ出さなければ、封印《ふういん》が力を弱め黄泉《よみ》の瘴気《しょうき》が地上に噴《ふ》き出すことはなかったのだ。

付け入られた岦斎に隙《すき》があったことは明白だ。

刳《く》られた胸元の傷が思い出されたが、それもまた自業自得というものだろう。智鋪の甘言《かんげん》に流されなければ、あのような目に遭《あ》うことはなかったはずだ。

視界の隅《すみ》に動くものを見つけ、嵬は首をめぐらせた。

いやに顔色の悪い、表情の欠落している男がふたり、ふらふらと近寄ってくる。

彼らは風音の前で立ち止まった。一方がかくりと膝《ひざ》を折って手をのばし、風音を抱き上げた。濡れそぼったまっすぐな黒髪からしずくがぱたぱたと落ちる。力なく下がった腕が、男が足を進めるたびに揺《ゆ》れた。

もうひとりの男は嵬を捉え、もと来た道を引き返す。嵬は周囲の様子を窺《うかが》った。

空気が重く冷たい。光が射《さ》さないためか、澱《よど》んで凝《こご》っているようだ。

ここはどこなのか。道反の巫女はどうしているのか。

死んではいない。守護妖である嵬には、巫女の身に万一のことがあれば確たるものが伝わってくる。前を行く男の背を睨んで、男の腕に抱《だ》かれた風音に視線を向けた。巫女の娘である風音には、巫女の力はまだ継承《けいしょう》されていない。巫女はまだ無事だ。

なんとしてでも力を蓄《たくわ》え、風音とともに逃《のが》れなければ。眷属《けんぞく》の蜥蜴《とかげ》たちに居場所を伝える手段を講じ、巫女を救い出して聖域に戻《もど》るのだ。

嵬の思案を読み取ったのか、左の鴉がくちばしを開いた。

『無駄《むだ》だ、道反の守護妖。巫女はもう戻らん』

漆黒の眼《まなこ》でぎっと睨みつけてくる嵬に、鴉は告げた。

『殺してもよかったのだ。が、岦斎がどうしても、巫女だけは死なせるなとごねるのでな』

骸に残された妄執《もうしゅう》が、愛する巫女を殺すなと。既《すで》にその命は断ち切られて根の国の住人と成り果てたというのに。

『人間とは実に愚かよ…。仕方がない、黄泉路を開放したあかつきには、岦斎の魂《たましい》をここに呼び戻し、巫女をくれてやることになったわ』

『己《こ》れ…！』

堪えきれずに嵬はうめいた。左の鴉は残忍《ざんにん》な眼《め》でそれを見ている。

彼らを運ぶ男たちの足が止まった。

鬼はほっと息を呑《の》んだ。岩壁《がんぺき》が途切《とぎ》れている。慣れない外界の風がそよいできて、鬼の翼を撫《な》でた。

鬼は後ろを振り返った。必死で首をのばして、自分たちがたどってきた道のりを凝視《ぎょうし》する。深い山々の狭間《はざま》だ。鬱蒼《うっそう》とした木々に囲まれて、よく見なければわからない場所にある隧道《ずいどう》。どこまでもつづくその向こうに、聖域につながる路《みち》を閉ざす千引磐があるはずだ。黄泉の瘴気は感じられない。地上の瘴気はすべて浄化《じょうか》されたのか。それを為《な》したのは安倍晴明なのだろうか。仲間たちはどこに。

ぱき、と枯《か》れ枝を踏《ふ》む音が聞こえた。鬼は音のほうを顧《かえり》みる。

男の手で枯葉《かれは》の上に横たえられた風音の許《もと》に、法衣によく似た衣をまとった人影が近づいていく。黒い布を目深《まぶか》にかぶっていて、それが誰《だれ》なのかは鬼にはわからない。が、本能が告げている。奴《やつ》は危険だ、風音に近づけてはならない。

鬼は翼を広げて激しく鳴号した。自分を捉える男の手を振り払《はら》おうと全力でもがく。鬼を捉えた男の腕《うで》に、爪《つめ》で裂《さ》かれた筋が幾《いく》つも刻まれた。

ふいに、鬼は愕然《がくぜん》とそれを見た。自分の爪で裂かれた傷。皮はいうに及《およ》ばず、肉を裂き骨まで見えているというのに、出血がない。

鬼は男を仰ぎ見た。

ひどく顔色の悪い男の目は、どろりとにごって焦点《しょうてん》を結んでいない。そして何より、生きているならば必ず行っているはずの呼吸を、していなかった。

『死人…⁉』

「傀儡《くぐつ》と言え」

嗤笑《ししょう》の混じった声が、鬼の鼓膜《こまく》を打った。同時に鬼の体は風音の傍《かたわ》らに叩《たた》きつけられる。

ぐっとうめいて、それでも鬼は必死で首をもたげた。

「よく眠《ねむ》れただろう？　道反の守護妖よ。氷の茵《しとね》の寝心地《ねごこち》は、いかなものであったかなぁ？」

『氷の…茵…？』

茫然《ぼうぜん》と問い返すと、法衣の男は顔を覆《おお》う布を取り去った。

げっそりと肉が削《そ》げ落ち、まるで髑髏《どくろ》のような相貌《そうぼう》。くぼんだ眼窩《がんか》の中で眼だけがぎらぎらと輝《かがや》いている。

袂からのびた手も骨と皮ばかりで、蠟《ろう》のような色をしていた。

だが、変わり果てたその顔は、紛《まぎ》れもなく榎岦斎のそれだった。

息を呑む鬼に、岦斎はにたりと笑った。

『岦斎、貴様…！』

鬼のうめきを乱暴に遮《さえぎ》り、岦斎の姿をした老人は幼い風音を見下ろすと、手をかざした。

風音の瞼がかすかに震《ふる》えた。はっと息を呑む鬼の前で、彼女はゆっくりと目を開け、ぼんやりと辺りを見回す。

肘《ひじ》を支えにして起き上がり、風音は絶え間なく視線を彷徨《さまよ》わせる。

「……かあさまは…どこ…？」

　嵬は、姫、と叫《さけ》んだ。叫んだつもりだった。が、どういうわけか喉《のど》が凍《こお》りついて音にならない。なぜだ。

　愕然とする嵬を、左の鴉が嗤って眺《なが》めている。必死で声を絞《しぼ》り出そうとしても、嵬の喉が発するのはぐるぐるという低い鳴き声だけだ。

　嵬は唸《うな》りながら風音の許に歩み寄った。姫、姫、と心の中で懸命《けんめい》に叫ぶ。

　突然《とつぜん》近寄ってきた双頭《そうとう》の鴉を怪訝《けげん》に見下ろして、風音は瞬《まばた》きをひとつした。

「…………それは、嵬という名だ」

　岦斎はひび割れた声で風音に告げる。道反の巫女が、確かそう呼んでいた。

　まだ霞《かすみ》がかったような目で岦斎を見上げ、風音は力なく呟《つぶや》いた。

「かい…？」

　恐《おそ》ろしげな容貌の岦斎を見つめたまま、彼女は再び尋《たず》ねた。

「かあさまは、どこ？」

「お前の母親は、いなくなってしまった。……そう、殺されたのだ。お前は覚えていないだろう、かわいそうに」

　風音の目が大きく見開かれた。片膝を折ってかがみ、岦斎は嗤った。

「お前はひとりきりになってしまった。私の許に来るといい、我が社に」

「……だれ？」

　不安げに揺れる問いに、岦斎は答えた。

「人々は、宗主《そうしゅ》と呼んでいる」

◆　◆　◆

——一度も目覚めることなく、十日以上が過ぎた。

岩室に横たわったまま、風音の瞼《まぶた》が開く気配はない。

嵬は、彼女が目を覚ますのを待っていた。左の頭部は、十二神将六合の銀槍《ぎんそう》で叩き斬《き》られた。そのおかげで、嵬は言葉を取り戻したのだ。

『……姫……』

あとになって、知った。嵬と風音は、智鋪によって氷柱に封じられ、三十年以上も眠っていたのだ。

十五年前その封じから解放された風音は、しかしそれまでの記憶《きおく》をほとんど失っていた。最後に母親を必死で捜《さが》していた。その想《おも》いだけが痛烈《つうれつ》に刻まれて、自分自身のことも、すぐそばにいる鴉のことも、彼女の中には残っていなかったのだ。

あるいは、智鋪の宗主がそのように術をかけたのかもしれない。

言葉を失った鬼は、ただ彼女のそばにいることしかできなかった。

そして、ずっと見守ってきたのだ。

智鋪の言葉に導かれるままに、誤った道を選択《せんたく》し、榎岦斎を父だと信じ、安倍晴明を敵だと憎《にく》んで、孤独《こどく》に必死で耐《た》えている姿を。

見ていることしか、できなかった。

このままここにいれば、風音は宗主に騙《だま》されたまま自分の命を削《けず》っていくだろう。

——…その子を…風音を……お願い……

巫女《みこ》に託《たく》された幼い姫《ひめ》を、五十余年前の鬼は守れなかった。

凍《い》てついた氷の茵で時を止めていた彼女は、この十五年の間に成長した。自分が真実何者であるのかを知らずに。

そして、覚醒《かくせい》から五年の歳月が過ぎた日に、宗主は風音に初めて指令をくだした。

——晴明の後継《こうけい》、その息の根を止めよ
思い返して、うなだれた鬼は頭《かぶり》を振《ふ》った。

人間を根の国の魔手《ましゅ》から守る役目を担《にな》う道反の巫女。その娘《むすめ》に、人間を殺せと命じるとは。

風音はそれを受け、鬼とともに都に赴《おもむ》いた。放たれた妖《あやかし》は、確かに晴明の後継者を始末したものだと誰もが疑わなかった。

だが、幸いなことに対象者である安倍昌浩は、晴明に守られて生きていた。風音はまだ、人を手にかけずにすんでいたのだ。

物心つく前から、虫も殺せないような優《やさ》しい娘だった。父と信じる榎岦斎を殺した騰蛇と、その主《あるじ》安倍晴明を憎んでいるが、それはすべて宗主に偽《いつわ》りを教えられ憎しみを煽《あお》られていたからに過ぎない。

嵬は岩天井《てんじょう》を見上げた。

今宵《こよい》は新月のはずだ。封印《ふういん》を砕《くだ》く鍵《かぎ》を手に入れた宗主が動くとしたら、今日だろう。なんとしてでも風音を連れてここを脱《だっ》するのだ。でなければ。

「…………」

音にならないうめき声が聞こえた。はっと見やれば、風音の瞼が震えている。

息を詰《つ》めて見つめる中、彼女はゆるやかに目を開けた。のろのろと視線を彷徨わせて漆黒《しっこく》の鴉の姿を認めた彼女は、血の気のない唇《くちびる》を開く。

「……嵬…」

幼い頃《ころ》から変わらぬ声音《こわね》が、鴉の名を呼んだ。

8

安倍晴明が昌浩を先に行かせたのは、長時間離魂術《りこんじゅつ》を駆使《くし》することができないためだ。

助力を請《こ》うと彼に依頼《いらい》してきた大百足《おおむかで》は、今頃出雲に立ち戻《もど》り、宗主の野望を阻《はば》むべく動き出しているのだろう。

自室に籠《こ》もった晴明は、数十枚の料紙を用意して、小刀で裂《さ》いていた。一枚を一辺三寸強の正方形に整えて、中心あたりに模様を書きつける。

青龍は柱に寄りかかって、晴明のすることを気のない様子で眺めている。

しばらくそうやっていた晴明は、半分ほど書き終わったところで手をとめ、ふうと息をついた。

五十余年前、彼の前に現れた、身の丈《たけ》五丈《じょう》はあろうかという巨大《きょだい》な蜥蜴《とかげ》。唖然《あぜん》と立ち竦《すく》む晴明に、蜥蜴は告げた。

——我は、道反の巫女に仕える守護妖《よう》なり
晴明はそれまで、神の存在や神話の中に隠《かく》された伝承にまったく興味を持っていなかった。

ゆえに、異形が出てきて初めて、神代に閉ざされた黄泉路《よみじ》のことを知らされたのだ。

節くれだった手のひらを見つめる。瑞々《みずみず》しい張りを持っていた肌《はだ》は、歳月を経てしわだらけのそれに変わった。同じように、自分の持つ力も衰《おとろ》えた。

時を経て、再び道反の守護妖たる大百足に依頼を受けた。

晴明は理解している。自分には、百足に応《こた》えられるだけの力がもはやない。その役目は、後継たる昌浩に継《つ》がせるべきだ。

が、昌浩を送り出してから、晴明は深い後悔《こうかい》の念に苛《さいな》まれていた。

「やはり、わしが行けばよかったか……」

苦渋《くじゅう》に満ちた呟きに、傍《かたわ》らに控《ひか》えた青龍が反論する。

「老いた身で行ったとて、犬死するだけだ」

手厳しい意見だが、言っていることは正しい。晴明は苦笑した。

青龍は、晴明の護衛だ。六合が昌浩の許《もと》につけられてからは、晴明の実体を常に彼が守っている。

出雲は遠い。離魂術を使えば、置き去りにされた実体は何の力も持たず、万一敵襲《てきしゅう》があれば抵抗《ていこう》する術《すべ》もなく息の根を止められるだろう。

出雲と都の距離《きょり》を考えて、晴明が魂魄《こんぱく》のみで行動できるのは、精一杯《せいいっぱい》で一刻半といったところか。

晴明は、不機嫌《ふきげん》そうな顔をした青龍をちらと一瞥《いちべつ》した。

紅蓮を殺すための武器を、十二神将を統《す》べる役を担う天空《てんくう》に所望したという。同族同士の殺し合いなどさせたくはない。

「宵藍、真実紅蓮を手にかけるつもりか」

「再びはないと、言ったはずだ」

低く言い放ち、青龍はそれきり口を閉ざす。

「――――」

脳裏《のうり》を駆《か》け抜《ぬ》ける光景は、五十余年前の雪の中だ。

返り血で全身を染め上げた騰蛇は正気を失い、接近するものすべてを敵とみなして襲《おそ》いかかってきた。迎《むか》え討《う》った青龍だったが通力の差異は明らかで、騰蛇に負わせた以上の傷をその身に受けた。

その場に天空たちが駆けつけるのがもう少し遅《おそ》かったら、騰蛇は青龍をも殺していただろう。

あの騰蛇を止めたのは、実際は天空と勾陣だ。天空が騰蛇の通力を全霊《ぜんれい》で封じ込め、勾陣が殺さぬ程度に打ち倒《たお》した。が、その勾陣でも、あわやというところまで追い詰められていたはずだ。太裳《たいじょう》はその間に、瀕死《ひんし》の青龍を戦線から離脱《りだつ》させ、結界の内で事態の成り行きを見ていた。

しばらくの間、激しい気性《きしょう》の神将を眺《なが》めていた晴明は、諦《あきら》めた風情《ふぜい》で視線を滑《すべ》らせた。

朝方やんだ雨の気配はとうに消え失《う》せ、晴れやかな青空が広がっている。太陽はじきに天頂に昇《のぼ》るだろう。

「……これが終わったら、わしも出立する」

青龍の蒼《あお》い瞳《ひとみ》が晴明の横顔を向いた。

「万一を考えて、実体は異界で、天后《てんこう》と太裳に預かっておいてもらうというのは、どうだ？」

青龍は剣呑《けんのん》に目を細めたが、異論は唱えなかった。晴明とともに、彼もまた出雲に向かうからだ。

騰蛇の息の根を止めるために。

言外にそう告げてくる青龍に、晴明は応えず作業を再開した。

「……先ほどから、いったいなにをしているんだ」

胡乱《うろん》げな問いに、晴明は軽く目を伏《ふ》せた。

「ただの、禁厭《まじない》だ」

紙片すべてに模様を書きつけ終わると、そろえたそれを手に持って、晴明は簀子《すのこ》に出た。

そして、紙片を無造作に放《ほう》る。ぱっと散った紙片がひらひらと舞《ま》う中、右手で印を結んだ晴明は口の中で呪文《じゅもん》を唱えた。

すると、紙片がみるみるうちに姿を変え、小さな四足の生き物の形を取った。白いその動物は四方にぱっと散っていく。あれは式だ。数え切れない式を、晴明はいったいどこに放ったのだろうか。

青龍は不審《ふしん》な顔をした。

簀子で式たちを見送っている晴明の背を鋭《するど》い眼光で睨《にら》んでいた青龍は、肩越《かたご》しの視線を向けられたので僅《わず》かに目を細めた。

「もう、正午を過ぎてしまった。我々も行こうか」

冷たい風の中で、昌浩は自分がどこにいるのかさっぱり見当もつかずにいた。

ひたすらに寒い。がたがたと全身が震《ふる》えて、歯が噛《か》み合わないのだ。更《さら》に目も回る。おまけにだんだん気持ちが悪くなってきた。

酒を飲んだ後、こんなふうに気持ちが悪くなるのかもしれない。

彼の周囲には六合や玄武、勾陣に太陰がいるはずなのだが、その気配がまったく感じられない。

昌浩は吐《は》き気《け》を堪《こら》えながら声を上げた。

「ちょっ、ちょっとっ、太陰！」

《なに？》

「目が、回るんだけど…っ」

《がまんしなさい、男でしょ！》

そういう問題ではないと思う。

《太陰、あまり無情なことを言うものではない》

落ち着き払《はら》った声は玄武のものだ。

昌浩は感心した。さすがに神将たちは、こんな状況《じょうきょう》でも目を回すことはないらしい。

どれくらい時間がたったのかまったくわからないが、太陰の竜巻《たつまき》は凄《すさ》まじい速度で進んでいるようだった。

少しずつ昇って、天の頂にかかろうとしている太陽が沈《しず》む方向に、雲を貫《つらぬ》きながら空を駆けていく。

森だ。

大きく育った木々の間に突《つ》っ込んで、竜巻が木の葉をちぎって巻き上げる。太い幹がゆらゆらと揺《ゆ》れて、枝がぎしぎしと音を立て、ひびの入る音が木霊《こだま》した。

なんてはた迷惑《めいわく》な、と、目を閉じたまま昌浩が考えたとき、彼を取り巻いていた風の渦《うず》が唐《とう》突《とつ》に消えた。

背中から大地に叩《たた》き落とされた昌浩は、ぐえっとうめいたまましばらく転がっていた。

彼の周囲に幾《いく》つかの気配が降り立つ。それを感じて瞼《まぶた》をかろうじて開いたが、まだ動けない。

すぐ横に、仁王《におう》立ちになった太陰が憤然《ふんぜん》と腕《うで》を組んでいた。

「だらしないわねっ。これくらいの風流でのびちゃうなんて」

そうか、太陰の竜巻で移動することを「風流」というのか、今後のために覚えておこう。二度とごめんだが。

ぐるぐると世界が回っている。三半規管が元に戻るまで、無理に起き上がろうとすると胃液がせりあがってきて、力が入らない。

青い顔で視線だけをのろのろと動かし、周囲の様子を窺《うかが》った。

「ここ、どの辺…？」

目指していたのは出雲だ。出雲の東部で、意宇郡《おうのこおり》というところ。

昌浩は生まれてから一度も都を出たことがないので、地方がどんな生活をしているのか伝え聞いているものしか知らない。山の麓《ふもと》に集落が集まっているそうだが、ざっと見渡《みわた》したところ彼らが降り立ったのは、もろに山の中であるらしい。

派手《はで》に木々を吹《ふ》き倒した太陰は、それをまったく意にも介《かい》さずけろりとしている。

「一応高野山《たかのさん》のはずよ。わたし出雲ははじめてだから、あんまり自信ないけど」

紀伊国《きいのくに》にも、読みの違《ちが》う同名の山がある。そちらには行ったことがあった。名前は意味を持つものだから、強く念じながら風に乗ってきたというのだ。

「ほんとは紀伊の高野《こうや》から出立したほうが確実だったんだけど」

「どうしてそうしなかったの？」

「遠回りになるじゃない、面倒《めんどう》くさい」

昌浩と、太陰とは別の側に顕現《けんげん》していた玄武が、同じような渋《しぶ》い顔で黙《だま》り込んだ。六合は無表情で黙然《もくぜん》と聞いている。勾陣は苦笑《くしょう》混じりに静かに笑っているだけだ。

しばらく転がっていた昌浩は、ようやく目眩《めまい》が治まったので上体を起こして、深く息を吐き出した。

懐《ふところ》から出雲国の地図を引っぱり出し、高野山がどの辺りにあるのかを調べてみる。

「えーと…ああ、ここか。で、宗主はどこにいるって？」

「晴明も詳《くわ》しい場所まではわかってないみたい。闇雲《やみくも》に探すくらいだったら、余戸里《あまりべのさと》に下りて誰《だれ》か捕《つか》まえて、智鋪社《ちしきのやしろ》はどこですかって訊《き》いて回ったほうが早いんじゃない？」

軽く首を傾《かし》げた太陰の言葉に、昌浩は思わず六合と顔を見合わせた。さしもの無表情に、何か別の感情が混ざった気がする。それから隣《となり》の玄武に目を移すと、こちらはわかりやすく目を半眼にしていた。

「………あのたぬきめ」

うつむいて、昌浩は肩を震わせた。自分の代わりに出雲に赴《おもむ》いて智鋪の宗主の野望を阻《はば》めというから来てみれば、とうの宗主がどこにいるのかもわからないとは。

時間がないというから強行軍で空を駆けてきたのに、これから敵地を探すとなると、それも意味がなくなってしまう。

昌浩の後ろで、あきれたようなため息の音が聞こえた。

「……あとで、もう少し計画性というものを考えるよう晴明をやりこめておこう」

いささか固いものを含《ふく》んだ玄武の台詞《せりふ》だ。地図を見ていた昌浩は一瞬《いっしゅん》目を瞠り、それからそうだねと頷《うなず》いた。

「いつまでたっても、行き当たりばったりなところがあるんだよね、じい様は」

懐に地図をしまって、昌浩は立ち上がった。

生《お》い茂《しげ》る木々の向こうを見はるかす。木漏《こも》れ日《び》が斜《なな》めに射《さ》していて、長い影《かげ》がのびていた。

正午を過ぎて、日が傾《かたむ》いているのだ。影ののびている方角が東側ということになる。

いまの季節、まだ昼より夜のほうが長い。冬ほど短くはないが、それでも時間に余裕《よゆう》はない。

どちらかといえば、昼より夕方に近い時刻になっていた。

どこまでもつづく森を見とおそうと目を凝《こ》らしていた昌浩に、それまで沈黙《ちんもく》していた勾陣が口を開いた。

「太陰に風読《かざよ》みをさせよう」

「えっ？」

声を上げたのは名指しされた太陰だ。昌浩は驚《おどろ》いて振《ふ》り返った。

「風読み？」

そうだと首肯《しゅこう》して、勾陣は太陰を顧《かえり》みた。

「風はすべてとつながっている。風の乗せてくる音、気配。それらで距離《きょり》と位置を摑《つか》むことができるだろう」

「そんなこと、できるんだ」

感心する昌浩に、しかし太陰はぶんぶん首を振る。

「む、むりむり、絶対むりよ！　そういうのは白虎の得意技で、わたしは白虎の伝えてくる情報を読むのが専門なんだから っ」

「だが」

腰《こし》の引ける太陰の言葉を玄武が遮《さえぎ》った。

「勾陣の言うことにも一理ある。風読みで宗主の居所を摑めれば、いたずらに時間を浪費《ろうひ》せずにすむ」

「だったらっ、玄武の水鏡で風音を映せばいいじゃないっ！」

太陰の反論を、今度は六合が制した。

「水鏡で映せるのは、対象の位置を玄武が把握《はあく》しているときだけだ」

「うっ…」

痛いところを突かれて、太陰は一瞬詰《つ》まった。だが、まだ負けていない。

「そんなのわたしだって同じよっ！　………そうだ、昌浩が捜《さが》せばいいのよ。皇女の脩子《ながこ》を見つけられたんだから、あのときみたいにして」

「あれは、脩子が子どもで同調しやすかったから見つけられたのだ」

さらりと玄武にかわされて、太陰は声にならない声でうめいている。

四対の視線に見つめられて、さしもの太陰も観念した。

「もうっ、わかったわよっ！」

胸中で百万語が渦巻《うずま》いているのだろう。肩をふるふると震わせて、太陰は不満たらたらな顔をしている。

邪魔《じゃま》にならないように距離をとった一同の見ている前で、太陰は地上三尺ほどの位置に静止すると両手の指先だけを合わせた。

「――――」

瞑目《めいもく》して意識を鎮《しず》め、心の琴線《きんせん》を細く細く削《けず》っていく。

やがて、太陰を取り巻く風が真冬のそれのように冷たく鋭《するど》さを増した。そして、四方にぶわりと広がっていく。

その様子を見ていた昌浩は、隣の玄武にそっと耳打ちした。

「太陰て、こういうの苦手なんだ？」

玄武は難しい顔をした。

「苦手というより、毛嫌《けぎら》いしてやらんのだ」

「細かい芸当は気に入らないらしくてね」

背後に立っている勾陣を振り返って、昌浩は不思議そうな顔をした。

「勾陣は、みんなをよく見てるんだ」

「見ていると面白《おもしろ》いからな」

「そっか」

何かを想像したのか、昌浩の口元に笑《え》みに似たものがにじんだ。だがそれはすぐに消える。

一方、玄武も六合を肩越《かたご》しに顧みていた。視線に気づいた六合が黄褐色《おうかっしょく》の瞳《ひとみ》を向けてくると、玄武は頭をひとつ振って目を逸《そ》らす。

一見して変わりのないように見えるが、その実六合がかもし出す雰囲気《ふんいき》が前と違っている。

常に寡黙《かもく》で無表情だが、時折思案に暮れている風情《ふぜい》があるのだった。

先日晴明と交《か》わした会話が脳裏《のうり》をよぎった。

六合の感情が、抑制《よくせい》されることなく爆発《ばくはつ》することがあるのなら、そのきっかけはいったいなんなのか。

「……そ…っ、どういうことなの⁉」

冷静さを欠いた叫《さけ》びが、玄武を思案の淵《ふち》から現実に引き戻《もど》した。

はっと見やれば、太陰は両耳に手を当てて瞠目《どうもく》している。

「そんな、ばかな…！」

「太陰、どうした⁉」

駆《か》け寄る昌浩に振り返って、太陰は茫然《ぼうぜん》と言った。

「風音…このままじゃ、殺されるわ…」

「え？」

その場にいた全員が息を呑《の》んだ。

◆　◆　◆

十日以上もずっと昏睡《こんすい》していた風音は、ようやく目を覚ました。

霊力《れいりょく》も体力も限界まで削《そ》ぎ落とされ、十二神将騰蛇の炎《ほのお》に焼かれる寸前で、あるいは二度と目覚めることなく死出の旅路に出てしまうのではないかと、嵬はそのことを一番怖《おそ》れていた。

黒曜の深い瞳が嵬を映す。彼女は肘《ひじ》を支えにして、必死の体《てい》で身を起こした。力がうまく入らないのか、彼女の腕《うで》は小刻みに震《ふる》えている。動作も緩慢《かんまん》で、まだ無理をできない状態だ。

『…姫《ひめ》』

風音ははっと嵬を見つめた。嵬は懸命《けんめい》に言葉を選ぶ。

『姫、ここにいてはならぬ。逃《に》げるのだ』

「嵬…あなた、言葉を…⁉」

驚愕《きょうがく》の瞳が嵬に向けられる。鴉《からす》は焦《じ》れたように頭を振って、彼女の首に下がった勾玉《まがたま》の革紐《かわひも》をくちばしでくわえた。

「か、嵬?」

ぐいぐいと紐を引き、嵬は彼女をどこかに誘《いざな》おうとしている。

風音は岩壁《がんぺき》を支えに、よろめきながら立ち上がった。気を抜《ぬ》くとすぐに折れてしまいそうな膝《ひざ》を叱咤《しった》しながら歩き出すと、嵬はふわりと飛び上がって岩室《いわむろ》を抜ける。

「どこに…?」

岩室は、洞穴《ほらあな》につながっている。奥には宗主以外の者の立ち入りを禁じられた石造りの祠《ほこら》があり、外に向かえば宗主を慕《した》う者たちが詣《もう》でに来る社があるのだ。智鋪地神。それが宗主の祀《まつ》る神の名だった。

その神は、記紀に記された神々と朝廷《ちょうてい》に、存在を抹殺《まっさつ》されたのだという。宗主は五十余年前に託宣《たくせん》を受け、埋《う》もれていた智鋪地神信仰《しんこう》を復活させたのだ。

「鬼…、だめよ、ここから先は、入ってはならないと…」

はだしの足元から震えが這《は》い登ってきた。血が足りないためにとても寒い。だが、この震えを生んでいるのは寒さではない。畏怖《いふ》だ。

洞穴の奥に足を踏《ふ》み入れるのは初めてだった。一度、本当に小さい頃《ころ》に間違《まちが》って迷い込んだとき、激しい叱責を受けた。その際に宗主から浴びせられた罵声《ばせい》と殴《なぐ》られた頬《ほお》の痛みを、彼女はいまでも覚えていた。

鴉はしかし、躊躇《ちゅうちょ》することなく奥へ奥へと入っていく。

風音は息をひそめながら、ふらふらとその後を追っていく。

「どこに…」

しばらく岩壁に寄りかかりながら進んでいた風音は、やがて宗主が近寄ることを禁じた石造りの祠にたどり着いた。

疲労《ひろう》と畏怖で息が上がる。早鐘《はやがね》を打つ心臓を懸命になだめながら鴉の姿を探していた風音は、翼《つばさ》を打つ音を聞きつけて周囲を見回した。

ばさりという音が隧道《ずいどう》の中に反響《はんきょう》する。

「鬼……？」

祠の後ろに、黒い影《かげ》が見えた。風音はそろそろと祠の横をとおって鬼のあとを追う。

更《さら》に奥へとつづく隧道が、祠の陰《かげ》に隠《かく》されていた。

風音を待っていた鬼は彼女が追いつくのを確認《かくにん》すると、再び翼を広げて飛び上がった。

進んでいくと、幾《いく》つもの分岐《ぶんき》を過ぎた。鬼は迷うことなく風音を導いている。

一歩進むごとに、冷たいものが胸の中に凝《こご》っていった。背中に氷の息が吹《ふ》きかけられているような気がする。隧道の彼方《かなた》に闇《やみ》がある。怖《こわ》い。

遠くで、水の滴《したた》るかすかな音が響《ひび》いた。隧道内に反響して、幾つもに重なってここまで届く。

何度目かの分岐に到達《とうたつ》したとき、鬼は風音の肩に降りた。そして、くちばしで左側を示す。

「行けと、言うの…？」

鴉がこくりと頷《うなず》いた。風音は固唾《かたず》を呑んで、言われるままに足を進める。

隧道は下方につづいていた。凍《い》てつく風が立ち昇ってきて肌《はだ》を刺《さ》す。吐《は》く息が白くなり、かじかんだ指先の感覚が徐々《じょじょ》になくなっていく。

必死で最下層まで降りた彼女は、寒さで粟立《あわだ》った剝《む》き出しの肩を抱《だ》くようにした。がちがちと嚙《か》みあわない歯が音を立てる。

「ここ…は…」

ふいに、すうっと血が下がった。ここを、自分は知っている。

風音は茫然と周囲を見渡《みわた》した。岩が冷気で凍《こお》りついている。日も射《さ》さず、永遠の闇に等しい地の底だ。冷たい風がゆっくりと流れて、それだけが時を刻む。

氷の壁《かべ》に歩み寄って、彼女はそこに釘《くぎ》づけになった。

まっすぐ上にのびる氷壁《ひょうへき》に、えぐったような穴が穿《うが》たれている。ちょうど、子どもひとりくらいの大きさの穿孔《せんこう》。

こめかみに、貫《つらぬ》かれるような鋭利《えいり》な痛みが駆け抜けた。目の前が真っ白になる。

頭を抱《かか》えて目を閉じる。瞼《まぶた》の裏に、幾つもの砕《くだ》けた氷が見えた。

違う、それは氷ではない。それは、そう、失われていた記憶《きおく》の断片だ。

冷たい闇の底。ぼんやりと開いた瞼の隙間《すきま》から見えた、おぞましい老人のひしゃげた顔。押しつけられた背中に伝わる氷の冷たさ。喉《のど》をふさぐ水。低い呪文《じゅもん》の詠唱《えいしょう》と、懸命に抵抗《ていこう》する鴉の唸《うな》り声。

怖い、怖い。

力の入らない手で抱きしめた、漆黒《しっこく》の翼――。

「…………っ」

風音はがくりと膝をついた。冷たい汗《あせ》が額を伝って滴り落ちる。悪寒《おかん》が這い登ってきて彼女の思惟《しい》を削っていく。激しい頭痛に苛《さいな》まれて、せっかく浮上《ふじょう》しかけた記憶が再び闇の彼方に埋もれていった。

「……ここは…」

かたかたと震えている彼女の耳に、嵬の唸りが響いた。

風音は緩慢な動作で首をめぐらせた。嵬は地面に降り立ち、彼女をまっすぐに見つめている。

「嵬…？」

と、鴉は自分の足元に視線を落とした。風音は訝《いぶか》しみながら足を進めた。冷たい岩肌《いわはだ》。一歩進めるごとに冷たさが増していく。

風音ははっとした。闇で気づかなかったが、岩が途中《とちゅう》で切れ、氷が広がっている。嵬は氷面に立っているのだった。

そろそろと近づいていった風音は、嵬《かい》の視線を追って、そこに信じられないものを発見した。息ができなくなった。悲鳴にも似たうめきがもれる。喘《あえ》ぎながら膝を折り、彼女は氷面に手をつけた。

氷中に横たわった人影。長い黒髪《くろかみ》は双髻《そうけい》に結《ゆ》われ、耳の後ろにも髪飾《かみかざ》りが施《ほどこ》されている。左耳だけにつけられた装飾《そうしょく》品は、自分が持っているのとまったく同じ勾玉だ。氷に阻《はば》まれて色をなくした肌は白く、面差しは自分のそれと酷似《こくじ》している。

茫然と、風音は呟《つぶや》いた。

「…か…さま…？」

優《やさ》しい母の微笑《びしょう》が、脳裏で弾《はじ》けて消える。

真っ青な顔で、彼女は息も絶え絶えになった。

「黄泉《よみ》に…黄泉に落とされたのでは、なかったの……!?」

9

お前の母は、安倍晴明によって、千引磐《ちびきのいわ》の向こうに、根の国に落とされた。

晴明はお前の母に懸想《けそう》していたのだろう。お前の父である岦斎と母親との仲を引き裂《さ》き、自分になびかなかったお前の母を逆恨《うら》んで黄泉に落とした。

岦斎か。岦斎もまた、殺されたよ。

安倍晴明率いる十二神将のひとり、最強と怖《おそ》れられた火将騰蛇の手によってな――――。

繰《く》り返し、繰り返し。

そう聞かされていた。

安倍晴明が母の仇《かたき》。母は黄泉に生きながら落とされた。黄泉の扉《とびら》を開けば取り戻《もど》すことができる。

だが、岦斎は戻らない。なぜなら、騰蛇がその手にかけたからだ。

晴明と騰蛇がお前からすべてを奪《うば》った。

では、風音よ。哀《あわ》れな娘《むすめ》よ。

——お前の持つその力を、どう使えばお前の望みは叶《かな》えられるのだろうな……？

「晴明では…ない…？」

震《ふる》えを帯びた呟きが、洞穴内《どうけつ》に木霊《こだま》する。

母を封《ふう》じた氷は、風音が触《ふ》れていてもとける気配を見せなかった。これは自然のものではない。何者かの術が、母を死にも似た眠《ねむ》りの中に閉じ込めているのだ。

『まだ、巫女《みこ》は生きておられる』

重い言葉に顔を上げれば、嵬が自分をまっすぐ見ていた。

『封印をとくことは、我らの力ではかなわない。姫《ひめ》、仲間の許《もと》に戻り、助力を請《こ》うのだ』

「仲間…？」

『そう。先日我らの前に現れた大蜘蛛《おおぐも》。あれは、太古よりこの道反《ちがえし》の巫女をお守りする任を担《にな》った、道反の守護妖《よう》』

言葉を失う風音に、嵬は更に言い募った。

『この五十余年、彼奴《きゃつ》らは我らを捜《さが》していたのだろう。だが、智鋪によって阻まれ、巧妙《こうみょう》に隠されていたのだ。何とか手立てを講じようとしても、左の鴉《からす》が常に監視《かんし》の目を光らせていたがため、我にはどうすることもできなかった』

風音の瞳《ひとみ》が大きく揺《ゆ》れた。

左の鴉。忌《い》まわしいその頭部を叩《たた》き斬《き》ったのは、十二神将六合の銀槍《ぎんそう》だ。

——風音、待て…！

炎《ほのお》に呑《の》まれる寸前に聞いた叫《さけ》びが、耳の奥で甦《よみがえ》った。視界を覆《おお》う夜色の霊布《れいふ》と、強い輝《かがや》きを放つ黄褐色《おうかっしょく》の瞳。

口元を両手で覆い、風音はいまにも泣きそうな目をして頭《かぶり》を振《ふ》った。

わからない、わからない。真実はどこだ。自分の信じていたことは、どこまでが偽《いつわ》りでどこまでが正しいのだ。

黄泉に落とされてはいなかった母。道反の巫女だという母。

だが、では榎岦斎とは誰《だれ》だ。宗主《そうしゅ》は、岦斎が彼女の父だと告げた。そして、岦斎を殺したのが十二神将騰蛇だと。

氷に指を滑《すべ》らせて、風音は固唾《かたず》を呑んだ。指先は、母の頬《ほお》にかかる位置にあった。

「……真実は…誰が知っているの…」

ふらりと立ち上がって、風音は岩階段を顧《かえり》みた。

『姫？』

怪訝《けげん》そうな鴉には応《こた》えず、風音はよろめきながら歩き出す。

「伺《うかが》わなければ…、宗主様に…」

狭《せま》い隧道《ずいどう》の奥に更《さら》に足を進め、幾《いく》つもの分岐《ぶんき》を左に左にと選択《せんたく》していくと、大きく開けた場所に出る。岩を大きく刳《く》りぬいたような空間だ。天井《てんじょう》までの高さはおよそ十丈《じょう》、横幅《よこはば》はそれより広い。

赤々と燃え立つ篝火《かがりび》がひとつ点《とも》されて、黒い影《かげ》を壁面《へきめん》に映していた。

最奥《さいおう》に立ちはだかる巌《いわお》は巨大《きょだい》。

人界と聖域とを隔《へだ》てる扉。――千引磐である。

篝火を背にして、法衣をまとい黒布を目深《まぶか》にかぶった宗主は、磐をゆっくりと見上げた。骨と皮ばかりの手でおもむろに布を払《はら》いのけ、しわだらけの顔を顕《あらわ》にする。

「……実に、長かった」

五十余年前、この場所で道反の巫女を追い詰《つ》めたが、逆に反撃《はんげき》を受けてしまった。あの時の入れものは灰となって崩《くず》れ落ち、巫女の力で巌の封じはさらに堅固《けんご》なものとされたのだ。

「封じをとき扉を開けるのは、巫女の血を引く者だけか」

「あるいは、道反の神に仕える守護妖のみ」

ひとつの口が、ふたつの声を発する。

「時はきた。道反の愚《おろ》かな姫に、もう一度役立ってもらおうではないか」

「そのために生かしておいたのだからな」

宗主の口が笑《え》みの形に歪《ゆが》み、おぞましい笑声《しょうせい》が響《ひび》いた。まるで重なっているように、それは微妙《びみょう》にずれて反響《はんきょう》する。

「随分《ずいぶん》と役に立ったよ」

「そうだとも。騙《だま》されているとも知らずにな」

宗主はゆらりと立ち上がった。

「榎岦斎が父であるはずがない」

「操《あやつ》るためとはいえ、反吐《へど》が出そうだったわ」

くつくつと、宗主の喉《のど》が鳴る。

「そう言うな。必要だったのだから」

亡骸《なきがら》に残った岦斎の妄執《もうしゅう》は、巫女を欲した。巫女が手に入るのならば黄泉の扉を開くことなどなんとも思わない。人間すべてが死に絶えても巫女さえこの手に入ればそれでいいのだ。

「黄泉路を開放すれば、お前も再びこの地に黄泉還《よみがえ》ることができる。巫女はお前にくれてやろう」

「ならば、風音を殺せ。風音は目障《めざわ》りだ」

「最後に役立てたら、あとは好きにすればいい」

ひとつの体に宿ったふたつの意思は、ひとつの口で交互《こうご》に言葉を発しているのだ。

宗主は千引磐に歩み寄った。よくよく見れば、宗主の足元には魔法陣《まほうじん》が描《えが》かれている。

「……黄泉の屍鬼《しき》というものは、中々に厄介《やっかい》でな」

魔法陣から抜《ぬ》けて、磐の前で足を止める。

「黄泉の瘴気《しょうき》の中でなければ、力を発することができないのだよ。この…」

磐に手を触れて、硬《かた》い表面をなぞる。

「向こうの聖域は、瘴気に満ちている。扉を開けば、まず余戸里《あまりべのさと》にそれが広がって、化け物どもがあふれかえり人間どもを食い尽《つ》くす」

「そのために、お前の力で扉を開くのだ」

冷然と言い放ち、宗主は振り返った。

篝火の向こうで、すべてを聞いていた風音が、鴉とともに立ちすくんでいた。


太陰に手をつかまれた昌浩は、疾風《しっぷう》のような速度で駆《か》けていた。

「いま、どうなってるんだ⁉」

問いただされて、空を滑る太陰は耳元に手を当てながら眉《まゆ》を寄せる。

「……岦斎を父だと告げたのは、偽りだと…。だから、風音は岦斎のことであんなに激昂《げっこう》したのね。そんな嘘《うそ》を信じ込ませていたなんて…！」

ぎりっと唇《くちびる》を噛《か》む太陰に、神足《しんそく》で駆ける玄武が唸《うな》った。

「道反の巫女を黄泉に落としたのが晴明だなどという偽りで、風音の憎《にく》しみを煽《あお》っていたのか。なんという卑劣《ひれつ》な…！」

三人の言葉に耳を傾《かたむ》けながら、勾陣は六合を一瞥《いちべつ》した。

黄褐色の瞳が剣呑《けんのん》にきらめき、滅多《めった》に宿らない感情の色がその目許に窺《うかが》える。鳶色《とびいろ》の髪《かみ》と夜色の長布が風を切ってなびく。

昌浩は頭上を振り仰《あお》いだ。昌浩たちが最初に降り立った高野山は、智鉾社《ちしきのやしろ》のある余戸里とはだいぶ距離《きょり》を隔てた場所にあった。いくら神将たちの神足で駆けたとしても、時間がかかりすぎる。

黄昏《たそがれ》が近い。晴明の言っていた刻限まで、時間がない。

昌浩は唇を噛んだ。晴明が別行動を取っているのは、昌浩の力が及《およ》ばなかったとき、すべての責務を背負わなければならないからだ。

昌浩が屍鬼を討《う》たなければ黄泉《よみ》の扉《とびら》が開かれる。扉が開けば根の国の軍勢があふれ出し、地上の人間すべてが死に絶えるのだ。

晴明は、都を守り朝廷《ちょうてい》と、その頂点に立つ帝《みかど》を守らなければならない役目を負っている。おいそれと、都を離《はな》れるわけにはいかないのだ。

「声が、小さいわ。……追い詰められてる、気配が、途切《とぎ》れる…！」

一同は思わず足を止める。焦《じ》れて首を振りながら太陰は語調を荒《あら》げた。

「結界か何かで風が止められた！　場所がわからない！」

「それじゃ、どうすれば…」

昌浩を遮《さえぎ》って、六合が声を上げた。

「風の軌跡《きせき》をたどれ！　完全に掻《か》き消える前に！」

それは、いままで一度も聞いたことのないほど激しい口調だった。玄武と昌浩が唖然《あぜん》と六合を見上げる横で、勾陣が軽く瞬《まばた》きをする。

「……完全に惚《ほ》れたか」

しかし、その呟《つぶや》きは誰にも届かない。

太陰がびっくりした目で六合を見上げたあとで、はっと我に返って頷《うなず》いた。

「う、うん。やってみる…」

六合はいつにない剣呑な表情で、青みを帯び始めた空を睨《にら》み上げた。


硬直《こうちょく》する風音の肩《かた》に、漆黒《しっこく》の鴉《からす》が止まっている。

鴉は翼《つばさ》を広げた。

『己《おの》れ、智鋪…！』

左の鴉が消えたことで言葉を取り戻《もど》した嵬を一瞥し、宗主は嗤笑《ししょう》した。

「無力な守護妖《よう》に誘《いざな》われてここまできたか。風音よ、愚かな娘《むすめ》。お前を最後にもう一度役立ててやろう」

色をなくしていた風音は、衝撃《しょうげき》で凍《こお》りついた喉の奥から必死で声を振り絞《しぼ》った。

「いまの……は……」

嘘だと、頭の中で誰《だれ》かが叫《さけ》んでいる。しかし、もう一方で誰かが叫ぶ。ああやはり。やはり自分は捨て駒《ごま》だったのだ、と。

かたかた震《ふる》えながら彼女は宗主を凝視《ぎょうし》した。

「私の…父は…」

「榎岦斎ではない。……母は道反の巫女《みこ》であったがなぁ」

宗主は言い放ち、ゆらりと足を踏《ふ》み出した。対する風音は、足が根を生やしてしまったかのように動けなかった。

嵬ははっとした。

『姫《ひめ》、奴《やつ》の目を見てはならん！』

だが、嵬の警告は遅《おそ》かった。宗主のぎらぎらと輝《かがや》く眼光に捉《とら》えられた風音は、全身を見えない縛《いまし》めに拘束《こうそく》される。指一本自由にならない。

嵬が翼を打った。通力が放たれる。だが宗主は片手でそれを打ち払うと、嵬を捕《と》らえて地に叩《たた》きつけ、踏みにじった。

「嵬！」

風音の叫びが反響する。鴉はぐったりと動かなくなった。

喘《あえ》ぐように息を継《つ》ぎながら彼女は問いただした。

「では、では、騰蛇は…！」

父の仇《かたき》だと信じて、追い詰めた。縛魂《ばくこん》の術で魂《たましい》を搦《から》めとり、屍鬼の憑《よ》り代《しろ》として。その魂は黄泉の瘴気に呑《の》まれて、もう二度と返らないのだ。

宗主はにぃと笑った。

「岦斎を殺したのは、真実騰蛇だ」

風音に伝えた偽《いつわ》りだらけの事実の中で、それだけは紛《まが》うことなき真実だった。

岦斎を手にかけたのは騰蛇だ。だが、晴明に命じられたからではない。晴明を殺そうとした岦斎を、逆上し半狂乱《はんきょうらん》になった騰蛇が殺した。それだけのことだ。

「巫女とはまったく関係がない」

やおら宗主は、法衣を脱《ぬ》ぎ落とし、衣の合わせを開いた。そこには、干《ひ》からびて黒く変色した胸元《むなもと》に穿《うが》たれた穴が、ぽっかりと開いていた。

「ここにあった心臓を、騰蛇の手が抉《えぐ》り出した。……かなり、痛かったなぁ」

風音の背筋を氷の腕《うで》が撫《な》でた。心臓があるべきところに何もない。

驚愕《きょうがく》で呼吸すらままならない風音に、宗主は更《さら》につづけた。

「お前が父と信じた榎岦斎。それは、この体だ。……父と相見《あいまみ》えたかったのだろう?」

宗主の節くれだった手がのびてきて、風音の細首を掴《つか》んだ。もう声すらも出ない。

どうして気づかなかったのだろうか。宗主からは生気がまったく感じられない。漂《ただよ》い出るのはおぞましさと異様さのない交ぜになった気配だ。それは明らかに、人間の、生者のものではないというのに。

「お前がここまで成長するのを、待ちかねた。道反の巫女の娘よ。いまこそお前の力をもらうぞ」

この千引磐《ちびきのいわ》にかけられた巫女の封《ふう》じを打ち消すために。

ざわざわと、妖気が魔法陣《まほうじん》から立ち昇《のぼ》って空間を満たしていく。磐を囲んで濃度《のうど》を増していくそれは、黄泉の瘴気《しょうき》だ。

宗主の腕に力が込《こ》もる。その手のひらに、命の炎《ほのお》によく似通ったものが吸い取られていく。

「このために、生かしておいてやったのだ」

風音は堪《こら》えきれず、声にならない悲鳴を上げた。

出雲、意宇郡の山中を、巫女の気配を僅《わず》かに感じた百足《むかで》は徘徊《はいかい》していた。

晴明に助力を請《こ》うたのち、百足はすぐさま出雲に引き返した。

騰蛇が敵の手に落ちた。智鋪が動くとすれば、天照《あまてらす》と月読《つくよみ》の加護がともに消える新月の夜だ。

神の加護が弱まったところに黄泉の瘴気が溢《あふ》れ出れば、大変なことになる。

ざわざわと数百対の足をうごめかしながら山中をかけていた百足は、ふいに立ち止まった。

『……………巫女…?』

次の瞬間《しゅんかん》、激しい衝撃が一点から生じ、音もなく四方に広がった。

百足は愕然《がくぜん》とした。

『扉が……！』

この五十年、どうしてもたどり着けなかった聖域につながる路《みち》。その扉たる千引磐が、何者かの手によって開かれたのだ。

扉は道反の巫女か、彼ら守護妖でなければ開けない。

『道反の巫女が、戻られたのか⁉』

一瞬そう考えかけて、しかし百足はその考えを即座《そくざ》に打ち消した。

漂い始めている黄泉の風。余戸のはずれであるこの地に瘴気が届いているということは、浄《じょう》化《か》の力も持つ巫女が関《かか》わっているはずがない。

智鋪の宗主だ。奴が何らかの手段をもって、永く閉ざされていた聖域への路を開いたのだ。

吹《ふ》き荒《あ》れる瘴気のただなかに、風音は倒《たお》れ伏《ふ》していた。

魔法陣の中央に座した宗主は、ふたつに割れた千引磐を満足げに見上げていた。

磐の向こうに広がる隧道《ずいどう》からは、絶え間なく生暖かくねっとりとした黄泉の瘴気が吹きつけてくる。

そのおぞましい死の気配が、彼女を呑《の》み込もうとしていた。

風音はのろのろと目を開け、首をもたげた。はるか彼方《かなた》につづいている隧道。風に乗って漂ってくる化け物の気配。

そして、それとともに。

風音は目を見開いた。

流れてくる、懐《なつ》かしい空気。蔓延《まんえん》する瘴気に穢《けが》されているが、風音はその風を知っていた。

記憶《きおく》より深い場所に、刻まれている光景だ。光に満ちた場所。暖かく穏《おだ》やかで、花の絶えることのない場所。

常に霞《かすみ》が漂っていた。広い社にふたりきり、ほかには誰もいない。

「……あ…」

人がいない代わりに、彼女たちを囲んでいたのは巨大《きよだい》な異形のものたち。見てくれとは真逆にその性情は温和で。

——姫、ちい姫…

見上げるのは難儀《なんぎ》だろうと、大きな八本の足を懸命《けんめい》に折り曲げて、目線を低くしようとしていた蜘蛛《くも》。眠《ねむ》っているときには起こさぬようにと、何百対もの足を極力静かに運ぼうとして、失敗すると蜥蜴《とかげ》に小言をもらっていた百足。そして。

誰よりも身近にいた、一番小さな漆黒の鴉。

風音は懸命に鬼を探した。肘《ひじ》を支えに必死で身を起こし、離《はな》れた場所で倒れている黒い姿を見つける。

「鬼…鬼…！」

ぴくりと、鴉の羽が動いた。漆黒の頭をもたげて、鴉はふらふらと立ち上がり、はっとしたように首をめぐらせた。

つられて視線を滑《すべ》らせた風音は息を呑んだ。

聖域から、無数の化け物たちが這《は》い出てくる。

「長い間閉じ込められていた、瘴気を存分に吸った異形のものたちだ」

肩越《かたご》しに風音を振《ふ》り返り、宗主は穏やかに微笑《びしょう》した。

「さぞや腹が減っているだろうて。なぁ？」

風音は慄然《りつぜん》とした。

無数の化け物がどろどろと這い出てきて、魔法陣を迂回《うかい》しながら接近してくる。

彼女は必死で立ち上がった。だが、すぐに力が抜《ぬ》けて片膝《かたひざ》をつく。打ち倒すだけの力も残っていない。蠱毒《こどく》の太刀《たち》も、岩室《いわむろ》に置いたままだ。

風音は胸に下げた勾玉《まがたま》を、悲痛な面《おも》持ちで握《にぎ》り締《し》めた。

「やっと、会えたのに…」

あの氷をとかせば、きっと母は目を覚ます。すべてを忘れて、自分のことも皆《みな》のことも、守護妖《よう》たちのことも記憶から消えていたのに、母のことだけは心の一番奥に刻まれて、ずっとずっと捜《さが》していた。

逃《に》げなければと思うのに、体がいうことをきかない。膝を叱咤《しった》してなんとか立ち上がり、もつれる足で数歩下がるが、化け物たちはそれ以上の速さで迫《せま》ってくる。

黄泉《よみ》の瘴気が充分《じゅうぶん》に満ちた。

宗主は両手を合わせると、禍歌《まがうた》を唱えた。

「出《い》でませよ、出でませよ、この地に満つる風に依《よ》り…」

空間に黒点が生じて、それがぶわりと広がる。黒い球体は、その中にはらんでいたものを吐《は》き出すと、音もなく掻《か》き消えた。

現れたのは、騰蛇だ。宗主の前に降り立った騰蛇は、のろのろと瞼《まぶた》を開く。その中にいるのは、黄泉の屍鬼《しき》だ。

「……窮屈《きゅうくつ》な思いをさせてくれたな」

残虐《ざんぎゃく》な光を放つ金の眼《め》が宗主を見据《みす》える。しかし宗主は応《こた》えた様子もなく頷《うなず》いた。

「瘴気の中でなければ消えてしまうのだ、仕方がなかろう。……さぁ、聖域への路は開かれた。行って封印《ふういん》を破れ」

屍鬼は身を翻《ひるがえ》した。

それを見ていた風音はかたかたと震《ふる》えていた。

屍鬼が千引の封印を砕《くだ》けば、地上に数万の魔物がなだれ込む。騰蛇の血が、封印を砕く鍵《かぎ》だ。巫女《みこ》に黄泉の封印を開く力はない。神の血を持つものだけが、その鍵となる。

騰蛇を術中にはめたのは自分だ。地上の人間を滅《ほろ》ぼすのは、道反の巫女の娘《むすめ》である自分。阻《はば》まなければと思うのに、体が動かない。化け物たちが迫ってくるのを、ただ黙《だま》って見ているだけだ。

ふいに、右手に宿ったぬくもりを思い出した。彼女が握り締めた勾玉を、無言で返してくれた力強い腕《うで》。

行くなと言って、のばされた手。まっすぐに自分に向けられた、黄褐色《おうかっしょく》の瞳《ひとみ》。

あの時、あの手を取っていたなら。

『……姫《ひめ》……』

風音ははっと我に返った。

体を引きずるようにして風音と化け物たちの間に降り立った鬼が、大きく翼《つばさ》を広げている。

「鬼?」

『逃げるのだ。早く』

「でも」

躊躇《ちゅうちょ》する風音を遮《さえぎ》って、鬼はひらりと飛び上がった。同時に無数の化け物が一斉《いっせい》に飛びかかってくる。

『異形のものどもよ、我が姫に触《ふ》れさせはせん!』

鴉《からす》の翼が空を打った。激しい通力が爆発《ばくはつ》する。

「鬼!」

風音の叫《さけ》びが鬼の耳に届いた瞬間、のびてきた化け物の触手《しょくしゅ》が漆黒《しっこく》の体を貫《つらぬ》いた。

『――――!』

鴉の叫びが空気を震わせる。風音の悲鳴がそれに重なり、嵬は最後の力を振り絞《しぼ》った。閃光《せんこう》が迸《ほとばし》った。激しい衝撃《しょうげき》が化け物どもを弾《はじ》き飛ばし、ぼろぼろに粉砕《ふんさい》していく。

『姫よ、逃げるのだ……！』

嵬は最後の最後の力で、巫女の存在を押し隠《かく》していた智鋪《ちしき》の結界を内側から打ち破った。そして、我と我が身を盾《たて》にしながら、漆黒の両翼《りょうよく》を羽ばたかせた。

清冽《せいれつ》な風が黄泉の瘴気《しょうき》を打ち払《はら》いながら駆《か》け抜ける。その風に包まれて、風音のか細い体が隧道から押し出された。

「嵬────……！」

涙《なみだ》で揺《ゆ》れるその声を、嵬の最後の意識が捉《とら》えた。

新たに生じた化け物の触手が飛来して、嵬の翼を貫通《かんつう》する。

漆黒の羽が飛び散り、小さな鴉の体が撥《は》ね飛ばされて落ちていく。

懐かしい巫女の、優《やさ》しい声が聞こえた。

──嵬、この子が風音です

産まれたばかりの、襁褓《むつき》にくるまって眠る、本当に小さな赤《あか》ん坊《ぼう》。

お前がこの小さな姫を守るのだと言われて、初めての重い役目に心が震えた。

成長していく赤ん坊は愛らしく、一時も目を離せないほど危なっかしく。

──かーい

小さな手を精一杯《せいいっぱい》にのばして自分を捕《つか》まえようとして、足をもつれさせて転んだ。驚《おどろ》きと痛みで泣き出した赤ん坊の許《もと》に慌《あわ》てて舞《ま》い降り、懸命にあやした。

『そら、痛くはない。痛くはないぞ、どこかにやってしまったから』

涙が消えて、その愛らしい笑顔《えがお》が戻《もど》るまで。

『…ほら、もう痛くないだろう。…泣くな……』

姫よ。愛《いと》しい姫よ。

どうか…泣くな…姫…――。


風の軌跡《きせき》を追って余戸里のはずれまでやってきた昌浩たち一行は、吹《ふ》き荒《あ》れる風の異様さに気づいた。

これを昌浩は知っている。都に吹き荒れた、黄泉の風。紅蓮を連れ去った根の国の瘴気だ。

「近いんだ、でも、どこに…⁉」

地団太《じだんだ》を踏《ふ》みそうな勢いで周囲を見渡《みわた》す昌浩を、勾陣がなだめる。

「落ち着け。風上に進めばおのずとたどり着く」

風上は、北方だ。

その瞬間《しゅんかん》、爆発にも似た通力の奔流《ほんりゅう》が駆け抜けた。

予想だにしなかった事態に、全員が立ち竦《すく》む。

「…なんだ…？」

茫然《ぼうぜん》とした昌浩の呟《つぶや》きを、太陰の叫びが打ち消した。

「風音、見つけた…！」

はっと息を呑《の》む一同の中で、六合の顔色が変わった。

「どこだ⁉」

「あっちよ、あの山のほう、……あの化け物に追われてるんだわ！」

茂《しげ》みを掻き分けて、風音は必死で逃走《とうそう》していた。

化け物のどろりとした表皮が草木を焼いている音が聞こえる。おぞましい臭気《しゅうき》が黄泉の風に乗って届く。

逃げろという鴉の最後の言葉が頭の中で響《ひび》きつづけ、それが彼女の背を押していた。

が、足がもつれて走ることもできない。喉《のど》の奥に鉄の味がせりあがってきて、呼吸がままならなくなる。

それでも必死で足を進める彼女の脳裏《のうり》に、浮《う》かぶ姿がある。長い鳶色《とびいろ》の髪《かみ》の。

謝らなければ。許してもらえなくても。この命が尽《つ》きる前に、自分の犯《おか》した過《あやま》ちを償《つぐな》わなければ。

すぐ背後に黒い影《かげ》が迫った。すっと背筋に悪寒《おかん》が走る。

次の瞬間、灼熱《しゃくねつ》の槍《やり》が彼女の背を貫いた。視界のすみに、胸部を貫通した黒い触手が掠《かす》める。

「…………っ」

衝撃のままに撥ね上がった体が、大きく弧《こ》を描《えが》いて飛ばされた。彼女の体を貫いた触手は無造作に引き抜《ぬ》かれ、化け物の表皮に収まっていく。

木々の根元に叩《たた》きつけられた風音の体は慣性で転がり、やがて動かなくなった。投げ出された指が土を掻く。かろうじてまだ息はあるが、それも時間の問題だ。

呼気とともに朱色《しゅいろ》の霧《きり》が散った。痛みの中心から気力も何もかもが流れ出していく。

「……っ、…」

ざわざわと繊毛《せんもう》を震わせながら、巨大《きょだい》な山椒魚《さんしょううお》によく似た化け物が接近してきた。何体いるのか、それすらももうわからなかった。

風音はうっすらと目を開けて視線を彷徨《さまよ》わせた。死の影が近づいてくる。おぞましい臭気が漂《ただよ》い、のばされた触手が彼女を捕《と》らえようとした。刹那《せつな》。

「どけ────っ！」

空気を裂《さ》いて甲高《かんだか》い怒号《どごう》が轟《とどろ》いた。次いで、白銀のきらめきが走る。

風音を捕らえようとしていた化け物の体が真っ二つに両断され、更《さら》に竜巻《たつまき》で吹き飛ばされた。

無数の化け物たちが一斉に動きを止める。だが、邪魔《じゃま》者の出現に怒《いか》りを覚えたのか、すぐに気を取り直して突進《とっしん》してきた。

「オンアビラウンキャンシャラクタン！」

鋭利《えいり》な真言が駆け抜けた。

化け物の巨体が軽石のように撥ね飛ぶ。もんどりうったその巨体を、きらめく二本の刃《やいば》が瞬時にひらめいて四つに分断した。

この霊気《れいき》と、幾《いく》つかの神気。

風音はかすれた声で呟いた。

「……晴明の…後《こう》…継《けい》…」

再び喉にせりあがってきた血を、鈍《にぶ》い咳《せき》とともに吐《は》き出す。翳《かす》む視界が夜の色で覆《おお》われた。

動けない風音を、力強い腕が抱《かか》え上げる。この腕を、彼女は覚えていた。

朦朧《もうろう》とする思惟《しい》を必死で引き戻しながら視線を彷徨わせると、黄褐色の瞳が見えた。

朝焼けの、色だ。

風音は緩慢《かんまん》に首をめぐらせた。自分がたどってきた方向を見やって、力の入らない指で懸命《けんめい》に路《みち》を指し示す。

「………と…だ…、封印《ふういん》…の…もと…に…」

化け物たちを粉砕して駆けつけてきた昌浩は、その指の示す先を顧《かえり》みた。

木々がなぎ倒《たお》され、触手に焼かれた草花が白煙《はくえん》を上げている。化け物の這《は》いずった跡《あと》が、そのまま千引の封印につながる道標《みちしるべ》になっていた。

太陰は風音の胸元《むなもと》に広がる紅《あか》い色を見て、唇《くちびる》を噛《か》んだ。彼女だけが、宗主と風音の会話を聞いた。風を通して伝わってくる風音の悲鳴を、彼女だけが直接聞いたのだ。

あれほどに悲痛な叫《さけ》びを聞いたことはない。深い絶望に彩《いろど》られ、信じていたすべてが砕《くだ》け散った者の、慟哭《どうこく》だ。

拳《こぶし》を握《にぎ》り締《し》める太陰の肩《かた》に、誰《だれ》かの手が置かれる。振《ふ》り返ってみれば、勾陣が無言で首を振っていた。

昌浩は勾陣たちに頷《うなず》いた。そのまま身を翻《ひるがえ》し、首だけを六合に向けた。

「時間がない…。六合、頼《たの》む」

言い置いて、六合だけを残し、昌浩たちは道標をたどって疾走《しっそう》していく。

それを見送った風音はほっと息をついた。だがすぐに苦痛で顔を歪《ゆが》ませる。全身が急激に冷たくなっていくのがわかった。

彼女は必死で口を開いた。

「……わたしは…とりかえしの…つかない…こと…を…」

「しゃべるな」

ごほっと鈍い咳とともに、朱色の筋が色をなくした唇からこぼれ落ちていく。六合の指がそれを拭《ぬぐ》い取るのを感じて、風音は目を細めた。

「……ごめ…なさ…」

眦《まなじり》から涙が伝い落ちていく。

すべては偽《いつわ》りだった。それなのに、自分はそれを疑わず、晴明を付け狙《ねら》い、後継たる昌浩を亡《な》き者にせんとして。十二神将たちの理《ことわり》を盾《たて》に、騰蛇の魂《たましい》を黄泉《よみ》の瘴気《しょうき》に落とした。

謝らなければいけない。謝っても許されることではない、それでも。

「……これ…は…報《むく》い…ね…」

「風音、もうしゃべるな」

抑《おさ》えた低い声が繰《く》り返しても、風音は首を緩慢に振った。瞬《まばた》きをするたびに涙《なみだ》が落ちた。

「で…も…わたし…が…」

なおも言い募《つの》ろうとした瞬間、吐息《といき》ごと唇がふさがれる。はっと目を瞠《みは》ると同時に、彼女は痛いほどの力で抱《だ》きしめられていた。

冷たい感触《かんしょく》が離《はな》れたあとで、抑えきれない感情をはらんで震《ふる》えるささやきが耳元に触《ふ》れる。

「しゃべるな…！」

「………」

寒さとは別のもので胸が震えた。あたたかさに包まれて、長い間感じたことのない優《やさ》しい感情が心の中を満たしていく。

風音は震える手をのばした。夜色の霊布を、力の入らない指で摑《つか》む。

「あなたの…手を…取れば…よか…た…」

行くなと、のばされた手を。初めて差しのべられた手を。

そうしていれば、こんなことにはならなかったはずなのに。

「…り……」

風音を遮《さえぎ》って、六合はささやいた。

「彩輝《さいき》だ」

冷たく細い指を摑んで、六合は風音の耳元で繰り返す。

お前が望むなら、何度でも手をのばす。何度でも、その手を摑む。そして、絶対に離さない。

「彩輝。……他《ほか》の誰も知らない、俺の唯一《ゆいいつ》の名前だ」

安倍晴明が十二神将六合に与《あた》えた、言霊《ことだま》だ。夜明けの光によく似たその双眸《そうぼう》になぞらえて、あの、地上のすべてにぬくもりを与える、穏《おだ》やかな輝《かがや》きのようにあれと。だが、それ以来一度も呼ばれたことはない。だからその名を知るものは誰ひとりとしていなかった。

風音は少しずつ薄《うす》れていく意識の中で、それでも懸命に六合の瞳《ひとみ》を見た。けれど、涙で視界が揺《ゆ》れて、よく見えない。瞬きをすると涙の粒《つぶ》が転がり落ちていく。

朝焼けの色。強く、優しく、自分をまっすぐに見つめてくる。

「彩…輝…?」

「ああ」

ふいに風音は顔を歪ませた。泣いている子どもがすがりついてくるように、かすかに身じろぎをする。

「ひとりは…いや…なの…」

暗い場所でひとりきりなのは、辛《つら》くて、寒くて。寂《さび》しくて、とても寂しくて。

「…そばに…いて……い…？」

「そばに、いろ」

低い声が聞こえる。それほど口数は多くないはずなのに、耳に残る、声だ。

ほっとしたように、風音は目を閉じた。閉じた瞼《まぶた》の間から新たな涙が零《こぼ》れ落ちる。

「…彩…煇………──」

ふつりと、声が途切《とぎ》れた。彼女の胸元を染める赤が、広がるのをやめる。

眠《ねむ》っているような風音の細い体を強く抱きしめたまま、六合はしばらくその場を動こうとはしなかった。

10

化け物の足跡《そくせき》をたどって坂を駆《か》け上がった昌浩たちは、洞穴《ほらあな》の入り口にたどり着いた。

隧道《ずいどう》の中から絶えず黄泉の風が噴《ふ》き出してくる。ここが、風音の言っていた黄泉の封印につながる路なのだろう。

昌浩は天を仰《あお》いだ。

空はいつの間にか紅く染まっている。傾《かたむ》いた太陽は沈《しず》みかかって、夜の訪《おとず》れがすぐそばまで迫《せま》っていた。

「急がないと…」

洞穴に入ろうとした昌浩は、接近してくる異様な妖気《ようき》を感じて反射的に振り返った。

竹を打ち鳴らすような音が響《ひび》いてくる。一拍《いっぱく》置いて、茂《しげ》みを突《つ》き破り、巨大《きょだい》な百足《むかで》が躍《おど》り出た。

「百足!?」

太陰が声を上げる。大百足は昌浩たちの横を駆け抜《ぬ》け、洞穴内に突進していく。

「なんだ?」

啞然《あぜん》とそれを見送ってしまった昌浩の耳に、聞き慣れた声が飛び込んだ。

「巫女《みこ》の気配を感じたのだろう」

昌浩は目を瞠って振り返った。

「じい様！」

年若い姿の晴明と、その背後にふたりの神将が控《ひか》えていた。白虎と青龍だ。

晴明は天を仰いだ。黄昏《たそがれ》だ。あと半刻もしないうちに、日は沈み神の加護が消える夜がくる。

「……六合は、どうした？」

主の疑問に答えたのは太陰だった。

「別行動よ。風音が襲《おそ》われて、ついてる」

そして太陰は、自分が「風読《かざよ》み」で聞いた、宗主と風音の対話を説明する。

「宗主は風音をだましていたのよ。道反の巫女の娘《むすめ》の力がほしくて、意のままに操《あやつ》るために、わざと偽りを教えて、晴明を憎《にく》むように仕向けたんだわ」

そこまでひといきに言い切って、太陰はふと押し黙《だま》った。いつも切れのよい口調でぽんぽんしゃべるのが太陰だ。こんなふうに言葉を呑《の》み込むのは、彼女らしくない。

「太陰、どうした？」

怪訝《けげん》そうに尋《たず》ねる玄武を一瞥《いちべつ》して、彼女は言いにくそうにしながら口を開いた。

「……晴明、騰蛇が…」

「紅蓮がどうした?」

晴明の顔色が変わる。太陰は言い澱んだが、一度唾《つば》を飲み込むと、主の目をまっすぐに見た。

「騰蛇が、騰蛇が岦斎を手にかけたっていうのは……、本当、なの?」

息を呑む気配が幾《いく》つかした。愕然《がくぜん》と太陰を見つめているのはふたり。玄武と白虎だ。

昌浩はほかの神将たちの様子を窺《うかが》った。

静かに太陰を見下ろしている勾陣、明らかに気分を害した風情《ふぜい》の青龍。間違《まちが》いなく、このふたりはその事実を知っていた。

いつになく緊張《きんちょう》した面持《おもも》ちの太陰と晴明とを、昌浩は息をひそめて交互《こうご》に見た。

祖父は、なんと答えるのだろう。そして太陰は、その事実をどう受け止めるのだろう。

しばらく太陰を見返していた晴明は、やがて息をつくと困ったように苦笑《くしょう》した。

「なんだ、知ってしまったのか」

「晴明!」

「それは、真実なのか!?」

「おい、晴明、それは…」

後ろから肩《かた》を摑んでくる白虎の手をぺしぺしと叩《たた》いて、晴明は肩越《ご》しに顧《かえり》みると片目をすがめた。

「済んだことだというのは、だめか? この五十余年の歳月の中で、あれはその咎《とが》に苛《さいな》まれつづけた」

昌浩の顔が歪《ゆが》んだ。覚えている。本当についこの間のことだった。

貴船の、雪の中。身を硬《かた》くして、喉《のど》の奥から震える声を懸命《けんめい》に振《ふ》り絞《しぼ》って。

——ずうっと、昔だ…

このとき語られた事実は、すべてではなかった。それでも昌浩は、何度でも言い聞かせる。

もういい。もういいよ。

あの雪の中に、その痛みを置いていってしまっていい。

太陰たちを振り返り、晴明は痛みをはらんだ瞳をした。

「自分自身が己《おの》れを断罪する。——それでは、贖《あがな》いにはならないか…?」

太陰と玄武は唇《くちびる》を引き結んだまま黙りこくった。どう返していいのかわからないでいるのだ。

ふたりの肩に手をのせて、晴明はつづける。

「すぐに答えを出さなくてもいい。ただ、覚えておいてくれ」

洞穴に視線を投じて、彼はその向こうにいるであろう敵の姿を捉《とら》えるように目を細めた。

「たとえ何があっても、私は紅蓮を朋友《とも》だと思う。無論、お前たちもだ」

昌浩は、拳《こぶし》をぐっと握《にぎ》り締《し》めた。

黄泉の風が噴出《ふんしゅつ》してくる隧道の中を、一同は疾走《しっそう》していた。

岩壁《がんぺき》のつづく空間にはねっとりとした瘴気《しょうき》が充満《じゅうまん》し、絶えず風が流れてくるのだ。

「千引磐《ちびきのいわ》というのは、ふたつあるのだという」

それは、五十余年前の晴明が、道反《ちがえし》の巫女から直接聞いた話だ。

余戸里に程《ほど》近い山々の狭間《はざま》にある伊賦夜の坂を伝い、隧道を抜けると人界と聖域とを隔《へだ》てる巨大な巌《いわお》にたどりつく。人間が千引磐と呼ぶのがそれだ。

人間たちは、その向こう側がすぐに根の国につながる坂だと信じている。

「だが、そうではない。扉《とびら》の奥には更《さら》に隧道がつづき、やがて異郷の地に出るのだ」

使徒の役目を担《にな》った大蜥蜴《おおとかげ》は、晴明と岦斎を伴《ともな》って夜闇《よやみ》の中を突き進んだ。隧道に入ったのは覚えているが、彼の記憶《きおく》の中にはそんな巨大な巌などなかった。

おそらく、扉が開かれていたから気づかなかったのだろう。

「黄泉につながる封印《ふういん》、これがもうひとつの千引磐。道反大神の力が依《よ》る」

しかし、その真実を知らない人間たちは、自分たちが知る千引磐そのものを「道反大神」と呼んで奉《たてまつ》った。

「じゃあ、俺たちの知っている千引磐を守るのが、道反の巫女？」

息も切らせずに疾駆《しっく》しながら問うと、そうだと応じる声がした。

巫女の役目は、黄泉の封印たる『千引磐』につながる聖域の扉を守ること。

「巫女の力で守られた扉は、巫女の力でしか開けない。そのために、智鋪は風音を連れ戻《もど》したのだ」

晴明はぎりりと歯噛《はが》みした。巫女に生き写しの風音。彼女の顔を見たときに、どうしてそこまで考えが及《およ》ばなかったのか。

後になればなるほど後悔《こうかい》が生まれる。あのときどうしてそうしなかったのか、できなかったのか。大陰陽師《おんみょうじ》と呼ばれるようになっても、それは変わらない。

完全な人間などいない。晴明は、だから他者に多くを望むことはしないのだ。

誰《だれ》しも過《あやま》ちは犯《おか》す。神将であってもそれは同様だ。理《ことわり》を犯したからどうだというのだ。騰蛇の心が変わるわけではない。己れを断罪する騰蛇を見てなお自分の心に侮蔑《ぶべつ》の影《かげ》が生じたら、それは自分の浅ましさにほかならない。

分岐《ぶんき》に差しかかるたびに、風の吹《ふ》いてくる左側を選択《せんたく》していた一同は、やがて無数の化け物に囲まれた老人が座す、広い空間に出た。

篝火《かがりび》が赤々と燃えている。それは黄泉《よみ》の風に吹かれながら揺《ゆ》らめき、化け物たちの表皮を照らしていた。

立ち止まった晴明は、老人の顔を見るなり血相を変えた。

「岦斎…!?」

「そうよ！　智鋪の宮司が憑依《ひょうい》してる、岦斎の骸《むくろ》！　これが、智鋪の宗主！」

太陰が指差して叫《さけ》ぶと、宗主はにたりと嗤《わら》う。

「そういうことか…！」

唇を噛んだ晴明のうめきを聞き、宗主はおもむろに立ち上がった。

「久しいな、安倍晴明よ」

晴明の背後に控えていた青龍は、剣呑《けんのん》な表情で岦斎を睨《ね》めつけた。

五十余年前の光景が脳裏《のうり》をよぎる。

そのまま宗主の背後にそびえる巨大な巌に目をやって、青龍は一歩前に出た。

「聖域につながる扉か」

怒気《どき》をはらんだ台詞《せりふ》に頷《うなず》き、宗主は左手を掲《かか》げた。

「お前たちが来るだろうことはわかっていたからな…。騰蛇は既《すで》に封印に向かった。そのまま扉を開いておくほど愚《おろ》かではない」

「ならば」

青龍の両手がのばされた。その手の中に、青みを帯びた燐光《りんこう》が生じ、閃光《せんこう》と化して長大な姿が具現された。

柄《え》の長い、大きく湾曲《わんきょく》した三日月形の刃《は》が具《そな》わった鎌《かま》だ。刃渡《はわた》りは三尺に届くか。

腰《こし》の筆架叉《ひっかさ》を右手で抜《ぬ》いた勾陣が、感心した風情で呟《つぶや》いた。

「ほう…。それが天空から与《あた》えられた武器か」

勾陣が筆架叉を一振りすると、その刃が倍にのびる。

大鎌を構えた青龍と筆架叉を掲げる勾陣が一同の前に並び、その全身から凄《すさ》まじい闘気《とうき》が迸《ほとばし》った。

「晴明、扉を破る」

告げたのは勾陣で、青龍は既に地を蹴《け》っている。

「させると思うたか！」

宗主の周囲に群がっていた化け物たちが、宗主の怒号に呼応して飛びかかってくる。

「寄るな――――っ！」

太陰の叫びとともに、生じた竜巻《たつまき》が化け物たちを撥《は》ね飛ばした。岩壁に叩きつけられた化け物はひしゃげて大きく表面積を広げたが、そのまま壁《かべ》を伝って突進《とっしん》してくる。

数匹《ひき》が一斉《いっせい》に壁を蹴った。どろりとした表皮が幾つもの触手《しょくしゅ》を放って晴明たちを襲《おそ》う。

「きゃあぁぁぁっ！」

おぞましさに悲鳴を上げた太陰を引き戻し、玄武が手をかざした。手のひらから生じる水の波動が瞬《また》く間に広がり、障壁《しょうへき》を築いて触手すべてを撥ね返す。

その間に、青龍と勾陣の攻撃《こうげき》が千引磐に炸裂《さくれつ》した。

十二神将たちの中でも攻撃属性の勾陣と青龍。最強を誇《ほこ》るのは騰蛇だが、二番手三番手にくるのがこのふたりだ。

容赦《ようしゃ》のない凄絶《せいぜつ》な通力が叩きつけられた巌は、中心に一条の亀《き》裂《れつ》を生じさせた。

勾陣の双眸《そうぼう》がきらめく。彼女は手にした刃に己れの通力を宿し、横一文字に薙《な》ぎ払《はら》う。

十字の亀裂が走った。亀裂の交差点に更に青龍が衝撃波《しょうげきは》を叩きつける。

巌に込められた宗主の術が打ち消され、激しい粉塵《ふんじん》を撒《ま》き散らしながら扉が崩壊《ほうかい》した。

それまでせき止められていた黄泉の風が凄まじい勢いで噴《ふ》き出してくる。それとともに、数え切れない異形が聖域から躍《おど》り出てきた。

「五十年あまり、瘴気の中に浸《ひた》っていた化け物どもか」

大鎌を振り上げて、青龍は忌々《いまいま》しげに吐《は》き捨てた。

「おぞましい」

のび上がった化け物の胴《どう》を叩き斬《き》り、迸った体液を通力で撥ね返す。もんどりうった仲間の屍《しかばね》を踏《ふ》み越《こ》えて襲撃《しゅうげき》してきた異形を、横合いから放たれた一閃が真っ二つに切り裂《さ》いた。

両手の筆架叉を逆手に持ち替《か》え胸の前で構えながら、勾陣は振り向きもせず晴明に向けて叫んだ。

「晴明、急げ！」

そのとき、粉塵から目をかばって腕《うで》をかざしていた昌浩の耳に、晴明の声が飛び込んだ。

「昌浩、屍鬼《しき》を追え」

昌浩ははっと顔を上げた。

自分の目の前に、晴明の背があった。離魂術《りこんじゅつ》を駆使《くし》した年若い姿。首の後ろでひとつに括《くく》った髪《かみ》が翻《ひるがえ》る。

宗主を見据《みす》えたまま、晴明は繰《く》り返した。

「追え。……約束しただろう」

昌浩は目を見開いた。一文字に唇を引き結んで見つめる背中は、幼い頃《ころ》からとても大きく、頼《たよ》り甲斐《がい》があって、大好きだった。

「時間がない。行って、黄泉の封印を守るのだ」

化け物たちは太陰の竜巻につぶされ、勾陣と青龍の刃で叩《たた》き斬られても、切断面から再生して絶え間なく襲いかかってくる。

「黄泉の瘴気が濃《こ》くなるごとに、宗主の力が増していく。ここは私たちに任せて、お前は聖域の最奥《さいおう》を目指せ」

そこに、屍鬼がいる。騰蛇に憑依した根の国の屍鬼が。

神将の血で封印を穢《けが》し、効力を無にして道反大神の依り代を打ち砕《くだ》くために。

「させぬぞ、晴明！」

宗主が両手を広げた。

「ふるべふるべ、ゆらゆらと……！」

地を這《は》うような声音で詠唱《えいしょう》される呪歌《じゅか》が、黄泉の風に乗って広がっていく。宗主の足元に描《えが》かれた魔法陣《まほうじん》から黒い霞《かすみ》が立ち昇《のぼ》り、絵物語に描かれた餓鬼《がき》のような異形が這い出てきた。

「さぁ、黄泉の鬼《おに》たちよ、我らが主の御為《おんため》に、目障《めざわ》りな人間たちを殺すのだ！」

化け物と鬼が群れを成し、じわじわと囲みを狭《せば》めてくる。

「勾陣、宵藍」

二対の視線が走る。晴明は昌浩を示した。

「これを、最奥の封印へ導け！」

青龍があからさまに舌打ちした。晴明の命令となれば、いくら不本意であっても昌浩を守らなければならない。時間は刻一刻と過ぎている。ここで反論している暇《ひま》はない。

先に身を翻した青龍の背を見やって、勾陣は晴明を顧《かえり》みた。

「引き受けた。…昌浩よ、行くぞ」

「う、うん…」

駆《か》け出そうとして、昌浩はふいに晴明の背を振り返った。無意識に手がのびて、祖父の袂《たもと》を掴《つか》む。

驚《おどろ》いて顔を向けた晴明は、瞬《まばた》きもせずに自分を見上げてくる末の孫と視線を合わせた。

「…………」

引き結んだ唇《くちびる》が、かすかに震《ふる》えている。袂を掴む指に力が込《こ》もって白くなり、大きな黒い瞳《ひとみ》が物言いたげに揺れていた。

晴明はふっと微笑《びしょう》して、昌浩の額を軽く指弾《しだん》した。

「っ…」

思わず目を閉じた昌浩は、晴明の袂を放して額を押さえる。指の間から、晴明が黙然《もくぜん》と頷くのが見えた。

昌浩はきゅっと唇を噛むと、何かを堪《こら》えるように目を細めた。

「昌浩、行きなさい、早く！」

「ここは任せろ」

化け物たちの攻撃を回避《かいひ》しながら叫ぶ太陰と玄武の声が、昌浩の背を押す。

昌浩は、無言で身を翻した。

「邪魔《じゃま》だ！」

白虎の怒号が轟《とどろ》いた。横殴《よこなぐ》りに払った腕から爆風《ばくふう》が生じ、群がる鬼を一掃《いっそう》する。

神将たちの開いた突破口《とっぱこう》を駆け抜けて、昌浩は聖域に向かった。


ひたひたと、はだしで冷たい石畳《いしだたみ》を進んでいた屍鬼は、足を止めた。

霧《きり》に閉《と》ざされた岩壁《がんぺき》。そこに貼《は》りついた巨大《きょだい》な巌《いわお》。

さすがに道反大神の膝元《ひざもと》ともなると、瘴気《しょうき》もあまり届かないようだった。だが、ここまでくれば根の国は目と鼻の先。封印《ふういん》である千引磐を砕けば、向こう側の黄泉比良坂《よもつひらさか》で待機している万の軍勢が一斉に進軍してくるはずだ。

ふと、屍鬼は剣呑《けんのん》に目をすがめた。金の瞳が不機嫌《ふきげん》さを宿す。

無造作に腕を掲げて、屍鬼は炎《ほのお》を召喚《しょうかん》すると巌めがけて放った。

放たれた炎蛇《えんじゃ》は大きくうねりながら巌に突進していくが、届く前に白く凍《い》てついた。凍結《とうけつ》し

た炎蛇が粉々に砕けていく。

冷めた目でそれを見ていた屍鬼は、冷然と嗤《わら》った。

「……目障りな守護妖《よう》、まだいたのか」

それまで巌と同化していた守護妖が、輪郭《りんかく》を取り戻《もど》してうごめく。

瘴気の満ちた聖域で、千引磐をその身をもって守りつづけていた大蜥蜴《おおとかげ》は、五十余年ぶりに覚醒《かくせい》し、瞳のない漆黒《しっこく》の目で侵入者《しんにゅう》を睥睨《へいげい》した。


「あんな子どもひとり向かったところで、何にもならないだろうに」

くつくつと笑う宗主に、晴明は毅然《きぜん》と言い放った。

「その子どもを、巫女《みこ》の娘《むすめ》を使って亡《な》き者にしようとしたのは貴様だ」

右手で刀印《とういん》を作り、晴明は低く呟《つぶや》いた。

「オンアビラウンキャンシャラクタン……！」

彼の全身から清冽《せいれつ》な霊気《れいき》が迸《ほとばし》る。対する宗主も内縛印《ないばくいん》を結んだ。

「ちょうどいい。安倍晴明、邪魔な貴様をここで討《う》ち果たそう」

「ふざけるんじゃないわよっ！」

幾つもの竜巻が宗主めがけて放たれる。それを気合で打ち払い、宗主は視線を滑《すべ》らせた。

三人の神将が晴明を守っている。

「……少し、邪魔だなぁ」

ふいに、宗主は目を細めた。人界につづく隧道《ずいどう》に、新たな神気が出現したのだ。

「もうひとり…」

玄武ははっと後ろを振り返った。彼の作った波流壁《はりゅうへき》に化け物たちが絶えず襲いかかってくるが、壁はびくともしない。

「……この…神気は…」

竜巻《たつまき》の鉾《ほこ》で化け物を撥《は》ね飛ばしていた太陰は、唐突《とうとつ》に息を呑《の》んで地上に降り立った。すぐ傍《かたわ》らに立つ白虎もまた瞠目《どうもく》している。

突《つ》き刺《さ》すような苛烈《かれつ》な神気が迸る。闇《やみ》の中に白銀のきらめきがひらめいて、放たれた通力が爆裂《ばくれつ》を伴《ともな》って駆け抜《ぬ》けた。

無数の化け物たちが、その一閃だけで粉微塵《こなみじん》になり掻《か》き消える。

茫然《ぼうぜん》とした呟きが玄武の口からもれた。

「……六合…？」

遅《おく》れて姿を見せた六合は、風音とともにいたはずだ。だが、現れたのは彼だけで、ほかに人影《ひとかげ》はない。

無言で足を進めた六合は、晴明の前に出て宗主を睥睨した。

肩《かた》にまとった長布が迸る闘気《とうき》で煽《あお》られ、鳶色《とびいろ》の髪が翻る。それまで隠《かく》されていた双眸《そうぼう》が髪の間から覗《のぞ》いた。

その瞳を見た瞬間《しゅんかん》、晴明ははっと息を呑んだ。

瞳の色が、変わっている。常の、夜明けの空に似た黄褐色《おうかっしょく》ではなく、燃え上がる炎の緋色《ひいろ》。

立ちすくむ晴明に、六合は怒気《どき》をはらんだ低い声で言った。

「晴明よ。——こいつは、俺にやらせろ」

太陰が数歩後退《あとずさ》った。背中に当たったものにびくりとして振り返ると、白虎が彼女を支えていた。ほっと肩を落として視線を戻す。

絶え間なく放たれる通力が瘴気を打ち払《はら》い、怯《おび》えたように萎縮《いしゅく》する化け物たちがじりじりと後退していく。魔法陣から這い出てくる鬼たちも神気に触《ふ》れてぼろぼろと崩《くず》れ落ちた。

「………こんな…」

抑《おさ》えきれない震えが全身を駆けめぐる。

青い顔をした太陰の後を引き継《つ》ぐように、強張《こわば》った顔の玄武が口を開いた。

「六合があれほどに激昂《げっこう》する様など、いままで一度も見たことがない…」

放たれる通力の苛烈さは、青龍のそれに匹敵《ひってき》する。堪えても堪えきれない、戦慄《せんりつ》に酷似《こくじ》した畏《おそ》れが足元から這い上がり、全身を貫《つらぬ》いた。

確かに、六合も戦闘《せんとう》属性だ。太陰や玄武とは桁違《けたちが》いの通力を持っている。だが、誕生してより幾星霜《いくせいそう》、彼がこれほど激しい感情を剝《む》き出しにする様など、誰《だれ》も目にしたことはなかった。

我々の中でもっとも情が強いのは六合だと、断言した勾陣の言葉が脳裏《のうり》によぎる。

太陰は目をしばたたかせた。

六合のまとう長布の下に、紅《あか》いものが見えた。あの色を自分は知っている。あれは、道反の巫女の勾玉《まがたま》だ。風音の首にかかっていた、彼女がとても大切にしていたもの。

そして、唐突に理解してしまった。

「……風音…」

白虎と玄武の視線が太陰に向けられる。彼女は切ない目をした。

「……死んだのね…」

11

聖域の中に入った昌浩たちは、度重なる化け物の襲撃《しゅうげき》で足止めを食らっていた。

満ち満ちた瘴気のせいで化け物たちは不死の状態だった。倒《たお》しても倒しても、あとからあとから襲《おそ》いかかってくるのだ。

きりがなかった。

懐《ふところ》に忍《しの》ばせておいた独鈷杵《とっこしょ》を摑み、昌浩は息を整えた。

「ナウマクサンマンダ…」

「昌浩」

真言を唱える昌浩を、筆架叉《ひっかさ》をかざした勾陣が制した。

「化け物たちは我々が引き受ける、お前は力を使うな」

「え？」

少し離《はな》れた場所で、群がる化け物たちを、青龍が手にした大鎌《おおがま》でひといきに叩《たた》き斬《き》っている。

それを横目で見ながら、勾陣は静かに繰《く》り返した。

「お前にはしなければならないことがある。化け物ごとき我々に任せておけ」

そして彼女はついと手をのばした。天に向けられた手のひらの上に、細長い輝《かがや》きが生じて実体を持つ。

それは、窮奇《きゅうき》と戦った折、晴明が昌浩に与《あた》えた降魔《ごうま》の剣《つるぎ》とよく似た、不思議な波動を放つ剣だった。まるでそれ自体が生きているようだ。

「朱雀の大太刀《おおだち》が形を変えた」

昌浩が瞠目する。構わずに勾陣は刃《やいば》の部分を持って、柄《つか》を昌浩に向ける。

「神将殺しの、焰《ほのお》の刃《やいば》だ」

この刃に貫かれれば、神将は魂《たましい》を焼かれて浄化《じょうか》される。それはそのまま死を意味している。そして、魂が完全に消失すると、異界に新たな神将が再生されるのだ。

茫然と剣を見つめる昌浩に、勾陣は静かな口調で告げた。

「お前に、晴明からだ」

どくんと、昌浩の心臓が跳《は》ね上がった。

高龗神に最後に示された選択《せんたく》が、胸の中で渦《うず》を巻く。

「――――」

昌浩は震《ふる》える手で、剣の柄を握《にぎ》り締《し》めた。と、体内に揺《ゆ》らめいていた軻遇突智《かぐつち》の焰が、手のひらをとおして刀身に流れ込んでいくのがわかった。

仄白《ほのじろ》い影が刀身を包み、ゆらゆらと揺らめく。

「神殺しの……焰…」

焔の刃に宿った力は、昌浩がいま何よりも欲しているものだった。

屍鬼《しき》を討《う》つ。討って、黄泉《よみ》の封印を守り抜く。

ぐっと唇《くちびる》を嚙《か》み締める昌浩に、勾陣は逆手に持った筆架叉を掲《かか》げながら言った。

「化け物どもを蹴散《けち》らす。下がれ」

「え？　でも、こいつらは…」

倒れても再生されてしまうのだ。

勾陣は肩越《かたご》しに振《ふ》り返り、薄《うす》く笑った。

「……十二神将勾陣の力、とくと見るがいい」

瞬間、勾陣の体から神気が迸り、激しい衝撃《しょうげき》がぶわりと広がった。

距離《きょり》を置いていた青龍が勾陣に視線をくれ、舌打ちしながら大鎌を収める。青龍は腕《うで》を前にかざして衝撃に備えた。

「え？　え？」

あの青龍が下がった。呆気《あっけ》に取られた昌浩の前で、勾陣は行く手を遮《さえぎ》る化け物たちめがけ、くるりと翻《ひるがえ》した筆架叉の刃を斜《なな》め十字に薙《な》ぎ払った。

振り下ろされた刃の軌跡《きせき》が大地をえぐる。

瞬《また》きひとつの間、完全にすべての音が搔き消えた。次の瞬間、地中から轟音《ごうおん》が生じ、群がっていた化け物たちを、光の爆裂が刹那《せつな》の間に呑み込んだ。

「わ………っ！」

爆風《ばくふう》が襲ってきた。

轟音が鼓膜《こまく》を貫き、突風《とっぷう》が昌浩の全身を叩く。閉じた瞼《まぶた》をとおしてなお視界を灼《や》いた閃光《せんこう》で、緑の影が焼きついた。吹《ふ》き飛ばされそうな衝撃を足を踏《ふ》ん張《ば》って受け流すが、少しでも気を抜けば体が持っていかれそうな威力《いりょく》だ。

爆音は唐突にやんだ。

昌浩は剣を握り締めたままそろそろと目を開けた。

勾陣の背中が見える。彼女は筆架叉を一振りすると、腰帯《こしおび》に収めた。

茫然と視線を走らせると、忌々《いまいま》しげに眉《まゆ》を寄せた青龍が、一度収めた大鎌を片手にしていた。化け物を倒すためではない。爆裂に巻き込まれて吹き飛ばされないよう、鎌の先端《せんたん》を大地に突《つ》き立てていたのだ。

あれほど群がっていた化け物たちは、勾陣の放った一撃《いちげき》で消失していた。距離を置いた場所になおもうごめく異形の群れは、先だって目撃した爆裂の威力に恐《おそ》れを抱《いだ》いたのか、息をひそめてこちらの様子を窺《うかが》っている。

「すごい…」

無意識の呟《つぶや》きを聞きつけ、勾陣は振り返らずに応《こた》えた。

「騰蛇は、私より強いがね」

「――……」

言葉もなく息を継いでいた昌浩は、聖域の彼方《かなた》から轟《とどろ》いた鳴号で、はっと我に返った。

異形の鳴き声だ。

数瞬遅れて《すうしゅんおく》、空気を震わせる禍々《まがまが》しい神気が放たれる。

昌浩はその方角に目を凝《こ》らした。

彼方に、灰に近い色の濃霧《のうむ》が漂《ただよ》っている。伝わってくる神気が激しさを増し、同時に湧《わ》き上がった通力が大地を震わせた。

目に見えるものではないところで、昌浩は感じた。

「……あっちだ」

千引磐《ちびきのいわ》。黄泉につながる封印《ふういん》と。

騰蛇に憑依《ひょうい》した屍鬼が、そこにいる。


銀槍《ぎんそう》を手に、燃え上がる緋色《ひいろ》の瞳《ひとみ》で宗主を見据《みす》えて、六合は繰り返した。

「俺にやらせろ、晴明……！」

それまで茫然《ぼうぜん》としていた晴明は、ふいに目を細めた。

「……彩煇よ…」

主従の契《ちぎ》りを結んで、六合の心の奥底に息づく激しさを感じたときに、名をつけた。その激しさが六合を追い詰《つ》めることのないように。名前という呪《しゅ》が、六合を六合たらしめてくれるように。

すべての名前は願いだ。あるいは、祈《いの》り。

痛みをはらんだ表情で、晴明は小さく頷《うなず》いた。

「……わかった、お前の好きにするといい」

迸《ほとばし》る神気はますます苛《か》烈《れつ》さを増していく。

緋色の眼光に射抜《ぬ》かれた宗主は、しかし応《こた》えたふうもなく嘲笑《ちょうしょう》した。

「十二神将の身でありながら、この…」

胸元に手を当てて、宗主は六合に傲然《ごうぜん》と言い放つ。

「人間である我を、殺すのか。面白《おもしろ》い」

騰蛇につづき、六合も理《ことわり》を犯《おか》すという。

晴明に視線をくれて、宗主は口元をゆがめた。

「晴明よ、お前の式神は愚《おろ》かだよ。時を経るごとに堕《お》ちていく。いっそまとめて始末したほうがいいのではないか？」

「そうさせたのは、ほかならぬ貴様だ」

断言し、晴明は周囲にうごめく化け物たちを一瞥《いちべつ》した。神将たちの攻撃《こうげき》をすり抜けて、また、土中に沈《しず》み込み、化け物たちは隧道《ずいどう》を抜けて人界に向かっている。

里には智鋪社《ちしきのやしろ》を信仰《しんこう》する里人たちがいるのだ。化け物たちは飢《う》えている。人界に放たれてしまえば、化け物たちは人間を食い尽《つ》くすだろう。

そして、噴《ふ》き出した瘴気《しょうき》に乗り、四方に広がっていくに違《ちが》いない。

「白虎、玄武、太陰」

表情を引き締める三人に、晴明は鋭《するど》く命じた。

「人界に放たれた瘴気を浄化し、化け物すべてを討ち果たせ！」

返答は、言葉ではなく行動で示された。

唯一《ゆいいつ》玄武だけが足を止め、晴明を振り返る。

「晴明…」

離魂術《りこんじゅつ》を駆使《くし》した晴明は、傷を負えば魂が壊《こわ》れる。玄武は戦うための術を持たない。彼の力は守ることのみに使われる。

だが晴明は、玄武を軽くたしなめた。

「何をしている。お前の力で瘴気を食い止め、広がるのを防ぐのだ」

「だが」

片手を上げて玄武を制し、晴明は笑った。

「案じるな。……まだ、天命ではないよ」

玄武はしばし逡巡《しゅんじゅん》していたが、やがてこくりと頷いて先を行く太陰たちの後を追った。

ふいに、不穏《ふおん》な脈動が胸元《むなもと》を貫《つらぬ》いた。晴明は咄嗟《とっさ》に息を詰めた。

彼の視界の中で、六合の通力が刃の軌跡に乗って宗主に降りかかる。宗主は口の中で呪言を詠唱《えいしょう》し、六合の攻撃を巧《たく》みに避けながら反撃を繰《く》り返していた。

晴明は息を詰めたまま胸元に手を当て、拳《こぶし》を握り締めた。うなじからすうっと冷たいものが下りていく。

実体から魂を切り離《はな》す離魂術は、魂に想像を絶する負担を与《あた》える。晴明が持つ霊力《れいりょく》は常人のそれとは桁外《けたはず》れだ。異形の血を引いているから、考えられぬほどに強い。だが、それを受けるのはあくまでも人間の器《うつわ》で、晴明はそれを自覚していた。安倍の血が伝える霊力以上のものを駆使すれば、彼の寿命《じゅみょう》は縮まる。

六合の負担にならないように少し後退《あとずさ》った晴明は、足元に転がった黒い影《かげ》に気がついた。散らばった漆黒《しっこく》の羽根。広がった血溜《ちだ》まりは乾《かわ》きかけ、閉じた瞼は驚《おどろ》くほどに穏《おだ》やかだ。最後の最後まで道反の姫《ひめ》を守ろうとした鴉《からす》の骸《むくろ》。

晴明は膝《ひざ》を折り、悼《いた》むように鴉の頭を撫《な》でた。風読みで感じ取ったすべてを太陰に聞かされ、その壮絶《そうぜつ》な最期《さいご》を彼は知っていた。

「小癪《こしゃく》な十二神将、ここで骸となりて朽《く》ち果てるがいい！」

宗主の言葉は言霊《ことだま》だ。言霊はそれ自体が凄《すさ》まじい力を持つ。黄泉の瘴気は宗主に尽きない力を与えつづける。

鴉の亡骸《なきがら》を弓手に抱《かか》え、晴明は右手を地に置いて目を閉じた。

呼吸を整えて、彼は厳《おごそ》かに唱えはじめた。

「…伊吹戸主神《いぶきとのぬしのかみ》、罪穢《けが》れを遠く根国底国《ねのくにそこのくに》に退ける」

地に触《ふ》れた指先から生じる術の波動が、じわじわと波紋《はもん》のように広がっていく。

気づいた宗主が眦《まなじり》を吊《つ》り上げた。

「己《おの》れ、させぬぞ安倍晴明！」

諸手《もろて》を広げて禍気《まがき》を結集させ、気合とともに放つ。が、六合の銀槍がそれを真っ向から受け、横一文字に切り裂《さ》いた。迸る神気が炸裂《さくれつ》し、禍気は相殺されて掻《か》き消える。

「貴様の相手は俺だ！」

鳶色《とびいろ》の髪《かみ》が通力の渦《うず》で翻《ひるがえ》る。いっきに間合いを詰めて、六合は切っ先をひらめかせた。横殴《よこなぐ》りの斬撃《ざんげき》をぎりぎりで回避《かいひ》し、宗主は大きく飛び退る。その動きを読んでいた六合はさらに踏《ふ》み込み、銀槍を繰り出した。

宗主の左腕《ひだりうで》が撥《は》ね飛んだ。しかし切断面から飛沫《ひまつ》が散ることはなく、ごろごろと転がった左腕はそのまま灰と化して崩《くず》れていく。

その間にも晴明の呪文《じゅもん》はつづく。宗主に無限の力を与える瘴気を浄化《じょうか》するための呪文を。

「天《あま》の八重《やえ》雲を吹き放つごとくに、禍つ風を吹き払《はら》う」

満ち満ちていた瘴気が徐々《じょじょ》に薄《うす》まり、それとともに宗主の力も削《そ》がれていく。描《えが》かれていた魔法陣《まほうじん》はその効力を失いつつあり、銀槍の斬撃を受けるたびに宗主の体は崩れ落ちた。

「伊吹、伊吹よ。この伊吹よ、神の伊吹となれ――――！」

神呪《かじり》が完成した。

この場に満ちていた瘴気が、湧き上がる伊吹の力で跡形《あとかた》もなく消失する。

宗主の体から禍々しいものが瞬時に抜け落ち、力を失った膝がかくりと砕《くだ》けた。

動きを止めた宗主に、六合は容赦《ようしゃ》なく銀槍を叩《たた》き込んだ。右肋骨《ろっこつ》のしたあたりを貫いた刃《やいば》を力任せに撥ね上げる。胴《どう》を斜《なな》めに切断された宗主の上半身はそのまま撥ね飛び、無造作に転がった。

刃をひらめかせて元の銀輪に転じた六合は、上半身だけになっても口を開閉させている宗主を顧《かえり》みた。

己れに据えられた緋色の眼を凝視《ぎょうし》して、宗主はけたけたと嗤《わら》う。

「殺したな…」

六合は僅《わず》かに眉《まゆ》をひそめた。宗主は更《さら》に言い募《つの》る。

「殺したな、人間を。その手でお前は、あの騰蛇と同じように。理を犯し、堕ちた、堕ちた、十二神将…」

そこには既《すで》に、岦斎の思惟《しい》も何も残ってはいなかった。宗主の中に呑《の》みこまれた岦斎の妄執《もうしゅう》は、先の晴明の神咒《かじり》で跡形もなく消えていた。

「血濡《ちぬ》れの神将六合、生涯《しょうがい》消えぬ罪業《ざいごう》に呑まれてのたうつがいい…」

悪意と怨憎に満ちた宗主の呪言が六合の四肢《しし》を搦《から》めとる。――が。

「戯《ざ》れ言《ごと》を」

六合は顔色ひとつ変えずに吐《は》き捨てた。

「それは既に亡骸だ。貴様が依《よ》り憑《つ》き、生きているかのごとくに動かしていたにすぎない。そして…」

六合の緋色の瞳が冷たくきらめいた。

「理を犯すことになったとしても、俺は貴様を許さない。決して」

それだけのことを、宗主はしたのだ。

「己……れ……！」

宗主はくわりと眼を剝《む》いたが、そのまま動かなくなった。亡骸は見る見るうちに干《ひ》からびてさらさらと崩れ落ち、やがて消えた。

宗主が消えると同時に、化け物たちも姿を消した。黄泉の瘴気を浄化した晴明の術は、化け物たちにも及《およ》んでいたのだ。

宗主の亡骸が崩れた場所を見下ろしている六合に、晴明は歩み寄った。

「……彩煇」

肩越《かたご》しに視線を向けてくる六合の瞳《ひとみ》が、緋《ひ》色《いろ》から黄褐色《おうかっしょく》に転じていく。迸っていた神気は徐々に鎮《しず》まり、かもし出されていた凄惨《せいさん》な気配も消えた。

ひと息ついて、晴明は改めて名を呼んだ。

「六合よ……。風音は、どうした？」

六合は無言で頭を振《ふ》った。長布の下に紅《あか》い勾玉《まがたま》が揺《ゆ》れている。

「――――結界の中に、置いてきた」

さすがにこの場に彼女の亡骸を連れてくるわけにはいかなかった。なにものも寄せ付けぬ障《しょう》壁《へき》の中に風音の骸を横たえて、六合は千引磐を目指してきたのだ。

悼むように目を伏《ふ》せた晴明の耳朶《じだ》を、甲高《かんだか》い叫《さけ》びが叩いた。

「晴明―――！」

突風《とっぷう》とともに降り立った太陰が、血相を変えて隧道の彼方《かなた》を指差した。

「道反《ちがえし》の巫女《みこ》が…！」

黄泉につながる巌《いわお》を前に、屍鬼《しき》は大蜥蜴《おおとかげ》と攻防《こうぼう》を繰り広げていた。

屍鬼の放つ騰蛇の炎蛇《えんじゃ》は絶え間なく繰り出され、蜥蜴が守る巌に襲《おそ》いかかっていく。が、その炎蛇はことごとく蜥蜴の吐き出す凍気《とうき》に阻《はば》まれ、瞬時に凍りついて粉砕《ふんさい》されるのだ。

「……一番厄介《やっかい》なのが、巌の砦《とりで》とは。智鋪も最初にこいつを殺しておけばよかったものを」

不機嫌《ふきげん》そうに舌打ちし、屍鬼は己れの手を一瞥《いちべつ》した。まだ、この神将の力すべてを制圧したわけではない。騰蛇の炎《ほのお》を完全に我がものにできれば、こんな蜥蜴ごとき一瞬《いっしゅん》で焼殺して炭と化してしまえるのだが。

だが、慣らすにはちょうどいい。どうせこの体はただの入れ物にすぎない。通力のみを吸収すれば、黄泉《よみ》に残した自分の体に戻《もど》ったとき、新たな炎の力で軍の頂点を目指すことも可能だ。

唇《くちびる》をぺろりとなめて、屍鬼は残虐《ざんぎゃく》に笑った。

「どれほどの力なのか、貴様で試《ため》してやろう」

十二神将最強だという凶将《きょうしょう》騰蛇の真の力を測るには、蜥蜴は絶好の相手だ。

屍鬼の手に白炎が立ち昇《のぼ》った。それまでの紅い炎蛇ではない、仄白《ほのじろ》い炎の龍《りゅう》があぎとを開く。

長身の体軀《たいく》が灼熱《しゃくねつ》の風に包まれて、渦巻《うずま》いた無数の白炎が蜥蜴に襲いかかっていく。

蜥蜴は怒号《どごう》を張り上げた。

『貴様ごときが封印《ふういん》に触れること、まかりならぬ！』

姿を消した巫女の代わりに封印を見守る生ける砦として時を数えてきた。黄泉の側からもれ聞こえる呪詛《じゅそ》の念が広がらないよう神咒《かじり》を唱え、聖域に広がり巌に及ぼうとする瘴気《しょうき》を、その身をもって浄化しつづけた。

だが、敵の力はあまりにも強大で、蜥蜴だけの力では守りつづけることができない。

聖域を出たまま戻らない同胞《どうほう》たちはどうしているか。大百足は、大蜘蛛《おおぐも》は、そして小さな漆黒の鴉は。

それを確かめる術《すべ》も持たぬまま、蜥蜴は恐《おそ》ろしい敵といま、対峙《たいじ》しているのだった。

「お前が最後の守護妖《よう》だ、さっさと滅《ほろ》べ！」

金の双眸《そうぼう》に嗜虐《しぎゃく》の光が宿っている。口端《こうたん》を吊り上げた屍鬼は両手を掲《かか》げ、召喚《しょうかん》した白炎の龍を放った。凍気を蹴散《けち》らして大きくうねった龍は、蜥蜴の全身に絡《から》みついて締《し》め上げる。

『己れ……！』

蜥蜴は無念を嚙《か》み締めた。ここまでか。

そのときだった。

清冽《せいれつ》で苛烈《かれつ》な神気が迸《ほとばし》り、蜥蜴を拘束《こうそく》していた白炎の龍を一瞬で消し飛ばす。

一閃《いっせん》した半月のきらめきはそのまま弧《こ》を描いて、目を瞠《みは》る屍鬼めがけて振りかぶられた。

「青龍！」

引き攣《つ》れた子どもの叫びが蜥蜴の鼓膜《こまく》に突《つ》き刺《さ》さった。

ばかな。この聖域に、なぜ人間が。

濃霧《のうむ》の中から別の影《かげ》が躍《おど》り出る。きらめくふた振りの刃が青龍の大鎌《おおがま》を受け止め、造作もなく弾《はじ》き返した。

青龍は眉を吊り上げ怒号した。

「勾陣、邪魔《じゃま》立てをする気か⁉」

激昂《げっこう》の叫びを聞き流し、勾陣は蜥蜴と屍鬼との間に一条の筋を刻む。筋から見えない障壁が衝《つ》きあがり、屍鬼の体を押し飛ばす。

蜥蜴は、突如《とつじょ》として現れたふたりの神将を茫然《ぼうぜん》と見つめた。これは、五十余年前に助力を請《こ》うた陰陽師《おんみょうじ》、安倍晴明が率いていた式神だ。

では、晴明が屍鬼を結界に閉じ込めたのか。いいや、先ほど響《ひび》いた叫びは子どものものだった。晴明ではない。では、誰《だれ》が。

混乱をきたす蜥蜴の前で、障壁を背にした勾陣は青龍に向き直った。対する青龍は怒《いか》りに任せた苛烈な神気を抑《おさ》えることもなく、勾陣を凝視する。

「そこをどけ……！」

大鎌の柄《え》を掴《つか》む青龍の手に、力が込《こ》もる。怒気をはらんだ唸《うな》りは低く、新星のごとく輝《かがや》く眼光は殺気にも似た烈《はげ》しさを持っていた。

「騰蛇を殺すと、言ったはずだ！　騰蛇は理を三度《みたび》犯した、いまさら生きながらえさせる理由などない！」

激する青龍の瞳が、深い蒼《あお》から赤みを帯びた紫《むらさき》に変貌《へんぼう》していく。

放たれる神気が生み出す風に煽《あお》られ、青みの強い髪《かみ》と長布が翻《ひるがえ》る。

常人であればすくんで動けなくなってしまうであろう烈しい力を向けられて、しかし勾陣は凄絶に微笑《びしょう》した。

「それは聞けない相談だ」

勾陣の全身から、苛烈な波動が放たれた。青龍の神気を凌駕《りょうが》するほどの、甚大《じんだい》な通力。

「どうしてもというなら、この私を倒《たお》してからにすることだ。もっとも…」

二本の筆架叉《ひっかさ》が霊力《れいりょく》を帯びて青白く輝く。

「かなわぬ勝負を挑《いど》むほど、お前も愚《おろ》かではないだろう――？」

青龍の喉笛《のどぶえ》に筆架叉の切っ先を向け、勾陣は昌浩を一瞥した。

「それに、晴明の命令だ」

朱雀の剣《つるぎ》を携《たずさ》えて戻った勾陣に、稀代《きたい》の大陰陽師は告げたのだ。

昌浩の好きにさせてやってほしい、と。

「昌浩が手にしているのは、神将殺しの焔《ほのお》の刃。覚悟《かくご》をさだめた人の意志は、我らが考えている以上に強固だ」

勾陣の威嚇《いかく》に呑まれて動けない青龍に視線を投じ、彼女は涼《すず》やかな黒曜の瞳を僅かに細めた。

「昌浩の覚悟を見届けること。それが、我らにくだされた命令だよ」

突如として築かれた障壁は、瘴気を完全に消し去り屍鬼の力を圧した。

「なに…⁉」

なんとか体勢を立て直した屍鬼に、更《さら》なる呪文がたたきつけられる。

「麻加連也《まかれや》、麻加連興《まかれよ》、此矢《このや》に麻加連《まかれ》！」

無数の霊矢《れいし》が放たれて、屍鬼の全身を襲う。

だが屍鬼は通力を爆発《ばくはつ》させ、飛来する霊矢すべてを打ち落とした。

「なんだ…？」

低く唸って身を翻《ひるがえ》した屍鬼は、濃霧を吹《ふ》き払《はら》う伊吹《いぶき》に包まれ思わず腕《うで》をかざした。

「――――封禁《ふうきん》！」

屍鬼を取り囲む球状の結界が、音もなく形成される。

気づいた屍鬼は剣呑《けんのん》な表情で、姿を現した術者を睨《にら》んだ。

「………あのときのがきか…」

墨染《すみぞめ》の衣《ころも》に身を包んだ小柄《こがら》な少年を認めて、屍鬼は残虐に嗤笑《ししよう》する。

「なんだ、死ななかったのか」

掲げた屍鬼の右手に炎蛇が絡まってのび上がった。

「死にぞこないめ、今度こそ黄泉に送ってやる」

見慣れた騰蛇の顔が残虐にゆがむ。禍々《まがまが》しくきらめく金の双眸が昌浩を射貫《ぬ》いて、うっそりと細められた。

昌浩は焔の刃を右手に握《にぎ》り締めると、左の手で刀印を結んだ。

まだ、屍鬼は騰蛇の力を完全に取り込んでいない。先ほどの炎蛇でそれがわかった。

まだ間に合う。——まだ、自分の力で倒せる。

晴明から与《あた》えられた数珠《じゆず》を引きちぎって、昌浩は玉を散じた。

青い玉と四つの勾玉《まがたま》が光に代わり、屍鬼の四肢《しし》に絡みついた。

「縛《ばく》！」

鋼のごとき光の枷《かせ》が、屍鬼の全身を完全に拘束する。屍鬼は怒りに燃える眼光を昌浩に向けた。

「この…！」

昌浩は臆《おく》することなく、屍鬼の眼光を真っ向から受け止める。

「謹請《きんせい》、甲弓山鬼大神《こうきゆうさんきだいじん》———」

脳裏《のうり》に、懐《なつ》かしい紅蓮の後ろ姿がよぎった。

――お前は、陰陽師になるんだ。最高峰《さいこうほう》の、それこそ晴明を超《こ》えるような

「此座降臨影向《このざにこうりんえいこう》し、邪気《じゃき》悪気を縛《しば》り給《たま》え！」

詠唱《えいしょう》とともに、結界の中に清冽な霊力が満ち溢《あふ》れ、それが屍鬼《しき》の全身にのしかかる。さすがに重圧に堪《こら》えきれなくなった屍鬼は、がくりと片膝《かたひざ》をついた。

「己《おの》れ…！」

屍鬼が怒号した。

炎《ほのお》が噴《ふ》きあがった。拘束されてなお、屍鬼の炎は威力《いりょく》を増し、大きくうねって昌浩に突進《とっしん》する。無数の炎蛇《えんじゃ》が一斉《いっせい》にあぎとを開いて襲《おそ》いかかってきた。

昌浩は剣《つるぎ》を正眼に据《す》えた。この刃は火将朱雀の剣。そして、そこに宿る軻遇突智《かぐつち》の焔は、神を焼く炎にして、火防《ひぶせ》の盾《たて》となる力だ。

「散！」

裂帛《れっぱく》の気合が屍鬼の炎蛇を粉砕《ふんさい》する。昌浩はふたつに分かれた炎蛇の狭間《はざま》を、剣を振《ふ》りかぶり駆《か》け出した。

声が、聞こえる。

「炎に焼かれて死ねよ！」

嗤笑のにじんだ屍鬼の声。放たれる灼熱《しゃくねつ》の風を軻遇突智の刃が撥《は》ね返す。

――お前に、俺の名を呼ぶ権利をやろう……

懐かしい、声。遠い日に聞いた、はじまりの声が。

「この術は凶悪《きょうあく》を断却《だんきゃく》し、不詳《ふしょう》を祓除《ふつじょ》す…！」

焰の刃をかざして、昌浩は屍鬼を見据える。

屍鬼の放った白炎の龍《りゅう》があぎとを剝《む》く。それを袈裟《けさ》懸《が》けに叩《たた》き斬り、昌浩は更に真言を詠じた。散開した白炎が結界壁に衝突《しょうとつ》し、障壁《しょうへき》を歪めて搔《か》き消える。視界のすみでそれに気づいた屍鬼は、更なる白炎を放って障壁を内側から破ろうと画策した。

灼熱の風が昌浩の足に絡まって歩みを阻《はば》む。幾《いく》たびも襲ってくる白炎を軻遇突智の火防の効力が受け流す。その間にも昌浩は真言を唱えつづける。

「オン、ソンバニソンバウン、バサラウンハッタ、オン、チレイタラシウタララハラ、ソダノウソワカ」

瞬《まばた》くこともせずに屍鬼を凝視《ぎょうし》する昌浩の脳裏に、しかし駆け抜けるのは別の情景だ。

――こんな臆病妖《おくびょうもの》、妖怪《ようかい》の名がすたる！　祓《はら》え、祓ってしまえ！

後ろ足ですっくと立って、憤然《ふんぜん》と言い放った白い姿。

「ナウマクサンマンダ、バサラダンカン、オンバサラ、ヤキシヤウン」

――許せ、俺は自分が可愛《かわい》い
白い尻尾《しっぽ》をひょんと振りながら飄々《ひょうひょう》と言ってのけた。

「オン、アミリティウンハッタ、オンビロハキシヤナウギ、ヤチハタニィソワカ」

さすがに屍鬼の顔色が変わった。真言が詠じられるごとに四肢にかかった縛《いまし》めは強さをいや増し、かざされた剣の放つ焰の波動が妖力を削《そ》ぎ落としていくのだ。

「寄るな、それ以上、近寄るな…！」

一層烈しい灼熱の風が昌浩を襲った。だが、昌浩は必死で足を進める。唱える真言が昌浩を守り、進むだけの力を与えてくれるからだ。

「オンシユチリ、キヤラロバソンケンソワカ、オンビロダキヤヤキシヤジハタエイ、ソワカ！」

真言が完成する。焔の刃に新たな力がみなぎり、昌浩にかかっていた屍鬼の妖力が瞬時《しゅんじ》に粉砕された。

体が信じられないほど軽くなる。昌浩は息を詰《つ》めて地を蹴《け》った。気合とともに剣を掲《かか》げ、術で動きを拘束《こうそく》された屍鬼の左胸に狙《ねら》いを定める。

夕焼け色の瞳《ひとみ》が、胸の中で笑った。

――しっかりしろよ、晴明の孫…

「よせ――――っ！」

屍鬼の絶叫《ぜっきょう》が轟《とどろ》いた。

「――――！」

言葉にならない叫《さけ》びとともに、昌浩は焔の刃を振りかざす。

握《し》り締める柄《つか》ごしに、鈍《にぶ》く重い衝撃《しょうげき》が手のひらをとおり抜けた。

まっすぐ胸元《むなもと》を貫《つらぬ》いた白刃《はくじん》が仄白《ほのじろ》く輝《かがや》き、それが屍鬼の体を内側から灼《や》く。

言葉にならない絶叫が、屍鬼の喉《のど》から迸《ほとばし》った。激しい苦痛が全身を駆け巡《めぐ》る。しかし、術の拘束でのたうちまわることもできず、屍鬼はただ絶叫した。

やがて屍鬼は、剣を摑《つか》んだままの昌浩をゆらりと見下ろすと、その首に両手をかけた。

「己れ…この…がきめ、よくも…！」

憎悪《ぞうお》に歪んでかすれた唸《うな》りが昌浩の耳朶《じだ》を打ち、首にかかった指がぎりぎりと絞め上げてくる。

昌浩は逃《のが》れることもせずに、剣を摑んだまま、うめきにも似た声を発した。

「天神《てんじん》…地祇《ちぎ》…、辞別《ことわ》けては産土大神《うぶすなのおおかみ》、神集獄退妖官《がくたいようかんの》神々、この霊縛《れいばく》神法を助け給え……！」

騰蛇に憑依《ひょうい》した屍鬼の魂《たましい》を、神の力を借りて束縛し、軻遇突智の焔で完全に消し去るために、最後の力を振り絞《しぼ》る。

「困々《こんこん》々、至道神勅《しどうしんちょく》、急々如塞《にょさい》、道塞《どうさい》、結塞縛《けっさいばく》」

屍鬼の目が大きく見開かれ、瞳孔《どうこう》が開いた。首にかかっていた指の力がふつりと消える。

「不通不起《ふつうふき》、縛々々律令《ばくばくばくりつれい》……！」

凍《い》てついた屍鬼の額に、細かな紋様《もんよう》の刻まれた銀色の冠《かんむり》が生じ、かしんと音を立てた。僅《わず》かに立ち昇《のぼ》っていた炎の闘気《とうき》が、その瞬間《しゅんかん》搔き消える。

昌浩は、悲鳴にも似た声で叫んだ。

「万魔拱服《ばんまきょうふく》――――！」

焔の刃が眩《まばゆ》いばかりの閃光《せんこう》を迸らせ、すべてを白く染めた。

12

簀子《すのこ》に出て西の空を見上げた彰子は、最後の余韻《よいん》のような夕焼けの色を見て目をしばたたかせた。

あれと同じ色の目をした物《もの》の怪《け》が、白い尻尾を振ってひょんひょんと歩く様を思い出す。

昌浩は大丈夫《だいじょうぶ》だろうか。

首に下げた匂《にお》い袋《ぶくろ》を衣の上からそっと押さえて、彰子はため息をついた。

先ほどからずっと胸が騒《さわ》いでいる。言い知れない不安が凝《こご》って、心の奥で重く澱《よど》んでいるのだ。

「あとで、晴明様に占《せん》をお願いしてみようかしら…」

晴明の占術なら、昌浩がどうしているかわかるに違《ちが》いない。

だが、晴明は朝からずっと自室にこもっているから、何かとても忙《いそが》しいのかもしれない。あまりわがままを言って困らせるのはやめたほうがいいだろう。

昌浩が匂い袋を置いていったことが、気にかかっているのだ。

これが彰子を守ってくれるよと言い置いていった。確かに、香《こう》は破邪《はじゃ》退魔の力を持っているから、昌浩の言葉は理にかなっているのだ。だが、それだったら、この安倍邸《てい》にいる限り心配することなどないはずなのだ。だってこの邸《やしき》は、晴明の結界と、十二神将たちに守られているから。

「心配なのは、昌浩のほうだわ」

遠い西国、出雲の地で、何かとても大切な役目を果たしに行った。左大臣である道長の依頼《いらい》だというから、重要な事柄《ことがら》なのではないだろうか。

胸の前で両手を合わせたり離《はな》したりしていた彰子に、奥から出てきた露樹が声をかけた。

「彰子さん、そろそろ夕餉《ゆうげ》の支度《したく》にかかりましょう」

「あ、はい」

頷《うなず》いて、引き返していく露樹のあとについて歩き出したとき、かすかな鈍い音が耳の近くで聞こえた。

「え？」

思わず立ち止まる彰子の足元に、革紐《かわひも》の切れた匂い袋がぱさりと落ちた。

——失《な》くさないように…

ふいに、言葉にできない焦燥《しょうそう》が胸を締めつけた。

彰子は膝《ひざ》を折り、震《ふる》える指で匂い袋を握《にぎ》り締めた。これは、なに？

早鐘《はやがね》を打ち始めた心臓がどくどくと音を立てている。

彰子は立ち上がって西方の空を見はるかした。

「……昌浩…？」

太陰に誘《いざな》われた晴明と六合は、まだ僅かに瘴気《しょうき》の残る隧道《ずいどう》を駆《か》け抜《ぬ》け、下方に降りていく脇《わき》道《みち》に入った。太陰はその腕《うで》に鬼の骸《むくろだ》を抱いている。晴明に頼《たの》まれたのだ。

自然の岩が階段のようにつづいている。

空《くう》を駆っていく太陰に遅《おく》れないよう足を進めていたふたりは、やがて最下層にたどり着いた。

そこには玄武と白虎、そして大百足《おおむかで》がいた。

「百足…？」

訝《いぶか》しげに呟《つぶや》く晴明を、玄武が硬《かた》い声で呼ぶ。

「晴明、ここに…」

玄武が示す氷の下に人影《ひとかげ》を認めて、さしもの晴明も絶句した。彼の背後に控《ひか》えていた六合もまた息を呑《の》む。

『かようなところにおられたとは……』

嘆《なげ》きの響《ひび》きがにじむ百足のうめきに、晴明は顔を上げた。

「どうしてここに？」

「化け物どもを追っていて、発見した」

応《こた》えた白虎が肩越《かたご》しに視線を転じた。

白虎の示す方角に、穿孔《せんこう》を抱いた氷壁《ひょうへき》がある。それは子どもひとり分ほどの大きさで、太陰から話を聞いていた晴明は、そこに幼い風音が眠《ねむ》っていたことを悟《さと》った。

「化け物を逃さないように追いかけて、ちょっと失敗して吹《ふ》っ飛《と》ばされたのよ。それであそこから転げ落ちてきたら…」

太陰は百足を見上げた。

「ここに、いたの」

攻撃《こうげき》をもろに食らって吹っ飛ばされた太陰が、なす術《すべ》もなく転げ落ちてきてしたたか全身をぶつけ、顔をしかめて立ち上がると、階段を伝って化け物が追走してきたのだ。

さきほどのお返しに竜巻《たつまき》をお見舞《みま》いしようとした瞬間《しゅんかん》、雷鳴にも似た恐《おそ》ろしい唸りが空気をつんざいた。

『失《う》せよ、外道――――！』

化け物が弾《はじ》け散る。

よろめいた太陰が必死で首をめぐらせると、巨大《きょだい》な目に憤怒《ふんぬ》を宿した百足が数百対の足をうごめかし、威嚇《いかく》の気配を立ち昇らせていた。

「太陰、大丈夫か！」

遅れて駆けつけてきた白虎と玄武も、百足の姿を認めて言葉を失う。

百足はしかし神将たちのことなど意にも介《かい》さず、そっと頭部を下げて氷面を見下ろした。

『……巫女《みこ》…ようやく…』

そして三人は、氷のただ中に眠る道反の巫女を発見し、晴明に報《しら》せるべく太陰が隧道に戻《もど》ったのだ。

大百足は大きく頭を振《ふ》った。

『おぞましい呪縛《じゅばく》の中で、五十余年もの永《なが》きにわたり眠りつづけていたとは…』

守護妖《よう》たちの力がかなわなかったばかりに、道反の巫女は呪縛の中に封《ふう》じられ、幼い姫《ひめ》は宗《そう》主《しゅ》の手の内で踊《おど》り、命を落とした。

晴明は氷の淵《ふち》に片膝《かたひざ》をついた。とける気配を見せない氷は、そのまま智鋪《ちしき》の施《ほどこ》した呪縛の枷《かせ》だ。

氷面に手を当てて、晴明は目を閉じた。

「………音もなく姿も見えぬ兇詛神《のろいがみ》、心ばかりに負うて歸《かえ》れ…」

晴明の掌《たなごころ》から、穏《おだ》やかな波動が広がった。冷たい氷面の隅々《すみずみ》にまで行き渡《わた》った力はゆっくりと沈《しず》み、硬い氷を徐々《じょじょ》にとかしていく。

巫女の体が浮《う》き上がった。水面に浮かんだ巫女の瞼《まぶた》がかすかに震え、ゆるやかに開いていく。

彼女は何度か呼吸を繰《く》り返したあと、色をなくした唇《くちびる》を開いた。

「……ここは…」

『巫女…！』

百足は歓喜《かんき》に打ち震えた。幾《いく》つもの足を巫女に差しのばし、その細い体を水から上がらせる。

岩の上に降ろされた巫女は肩《かた》で息を継《つ》ぎながら、周囲をゆっくりと見渡した。

晴明は努めて冷静な表情を作った。

「巫女殿《どの》、御《ご》気分は」

大儀《たいぎ》そうに肩を上下させながら、巫女は気丈《きじよう》に顔を上げる。

「晴明殿、ここは…？」

そうして彼女ははっと目を見開いた。晴明と、彼の率いる数人の神将。自分に仕える守護妖の大百足。

「あの子は、風音はどこに？ 嵬が守っていたはずです。私のあの子は…」

巫女の前に、殊勝《しゆしよう》な面《おも》持ちの太陰が進み出た。腕に抱いていた漆黒《しつこく》の鴉《からす》を差し出し、彼女は言いにくそうにしながら口を開いた。

「これ…」

巫女は息を呑んだ。震える両手で鴉を受け取り、瞬《まばた》くことも忘れて忠実な守護妖の亡骸《なきがら》を見つめる。

喘《あえ》ぐように息を継ぐ巫女に、六合は首に下げていた勾玉《まがたま》をはずし、差し出した。

「――これを」

手のひらにのった勾玉は、彼女の左耳に下がっているのと同じものだ。嵬に託《たく》し、娘《むすめ》である風音に渡ったはずの。

抑揚《よくよう》に欠けた声音《こわね》で、六合は静かに告げた。

「風音は、もう……」

途切《とぎ》れた言葉のつづきは、聞かなくても察せられた。

勾玉を受け取った巫女の目から、はらはらと涙《なみだ》があふれ落ちた。紅い勾玉の表面に落ちた涙《るい》珠《しゅ》が砕《くだ》け、仄《ほの》かなきらめきを残して消える。

「なぜ…こんな…」

鴉と勾玉を掻《か》き抱《いだ》くように嗚《お》咽《えつ》する巫女を、一同は黙《だま》って見ていることしかできなかった。

どれほどそうしていたか。

苦いものを呑みくだすような思いで巫女を見ていた晴明は、誰《だれ》かに呼ばれたような気がしてはっと顔を上げた。

上方につながる石階段。千引磐《ちびきのいわ》につながる隧道の彼方《かなた》から、声なき「声」が彼の耳に触《ふ》れ、そのまま掻き消える。

胸の中に、氷塊《ひょうかい》が滑《すべ》り落ちていく。

だが晴明は顔色ひとつ変えず六合と白虎に巫女を託し、玄武と太陰を顧《かえり》みた。

「行くぞ」

「え？」

「どこにだ？」

ふたりの疑問に、晴明は無言を返し、そのまま身を翻《ひるがえ》した。

◆　◆　◆

決めていた。

誰にも負けない、犠牲《ぎせい》にもしない、最高の陰陽師《おんみょうじ》になると。

「────っ」

摑《つか》んでいた柄《つか》の感触《かんしょく》が掻き消える。

昌浩は支えを失ってがくりと膝《ひざ》を折り、ついた両腕《りょううで》で体を支えながら激しく息を継いだ。

周囲に張り巡《めぐ》らせていた障壁《しょうへき》が消えていく。漂《ただよ》っていた黄泉の瘴気が完全に失せて、冷たい清冽《せいれつ》な風が頰《ほお》を撫《な》でた。

ぜいぜいと苦しい呼吸を繰り返していた昌浩の耳に、何かがどさりと落ちる音が突《つ》き刺《さ》さった。

昌浩はびくりと肩を震《ふる》わせ、のろのろと顔を上げた。

これ以上ないほど開かれた瞳《ひとみ》が、手をのばせば届く場所にある白いものを認める。

どくんと、心臓が跳《は》ね上がった。

「…………」

四肢《しし》を投げ出し、力なく瞼を閉じたままぴくりとも動かない、白い物の怪《もののけ》。

朱雀の持つ「焔《ほのお》の刃《やいば》」は、貫《つらぬ》いた神将の魂《たましい》を灼《や》く。高龗神から与《あた》えられた軻遇突智の焔は、神の命を奪《うば》う。

黄泉の瘴気に呑まれた魂が、異形のものに変貌《へんぼう》する前に、解放する術はただひとつ。

昌浩の脳裏に、ひとつの光景が駆《か》け抜《ぬ》けた。

——ぼとりと。目の前に、白い物の怪が降ってきた。

じっと見つめていると、不機嫌《ふきげん》そうに眉《まゆ》をしかめて、その物の怪は言ったのだ。

『………見せもんじゃねぇぞ』

再び心臓が跳ねた。喉《のど》の奥に絡《から》まるものがあって、息ができなくなる。

昌浩は必死で手をのばした。

自分の手なのに、どうしてこんなに重いのだろう。強張《こわば》って、みっともなく震えて。ああ、こんなに体が重いのは、動かないのは、なぜだ。

必死でのばした手が白い毛並みに触れる。

肌触《はだざわ》りのよい、あたたかくて柔《やわ》らかい毛並み。その背を何度も撫でた。寒い夜は反論されるのも構わずに首の周りに巻いて。

——いーい加減、ひとを襟巻《えりま》きにするんじゃないっ！

がみがみと文句を言われて、それでも懲《こ》りずに笑った——。

「…………っ」

指に力が入らない。懸命《けんめい》に抱き寄せた白い体がこんなに冷たい。

冷たい。あれほどにあたたかかったのに、どうしてこんなに。

ねぇ、どこにいるの。消えてしまったぬくもりとともに、心までが行く先を失《な》くす。

ああ、わかった。また、あの寒いところにいるんでしょう。

ひとりで膝を抱《かか》えてうずくまって、寒くて寒くて、寂《さび》しいところで立ち止まっているんだ。

ばかだね。

ここにいるよって、言ったじゃないか。

一緒《いっしょ》に帰ろうって。ひとりでいるのは寂しいから、一緒にかえろうって――――。

「…………っ」

堪《こら》えて堪えて、ただひたすらに堪えていた涙が、堰《せき》を切ったようにあふれ出た。

掻き抱いた冷たい体。どんなに力を込めてもぴくりとも動かない。白い毛並みは変わらずに柔らかいのに。

それまでずっと口にしていなかった名前を、引き攣《つ》れたような声で呼びかける。

「……もっくん…！」

――もっくん言うな、晴明の孫！

「もっくん…、もっくん、もっくん…！」

嗚咽しながら昌浩は、繰り返し繰り返しその名を呼んだ。冗談《じょうだん》半分に与えた名前。昌浩がつけた、物の怪の名前。

幾つもの情景が流れていく。

――それがお前の望みなら、俺はそのために心を砕こう、力を貸そう

いつだって、昌浩の望みを叶《かな》えるために。昌浩が心を曲げずにすむように。

――そのために、俺はここにいる

誤った道に進まぬように。誰かに阻《はば》まれて、痛みを抱えることのないように。

傷ついた自分の心をひた隠《かく》して、ただひたすら昌浩のために、紅蓮は。

白い異形の姿で、あの夕焼け色の瞳で、昌浩を見守ってくれていた。

「…………………っ!」

しゃくりあげていた昌浩は、やがてのろのろと目を開けて物の怪を見つめた。

眠《ねむ》っているようにしか見えない表情。いまにも起き出して、昌浩を見上げて。

そうして、あの声で、昌浩と呼んでくれるのではないかと、錯覚《さっかく》する――――。

「………ねぇもっくん…。つらいことを、覚えてなくていいよ…」

掻き抱いた物の怪に、ほのかに笑《え》んだ昌浩は、穏《おだ》やかに言い聞かせた。瞬《まばた》きをするたびに涙が落ちて、白い毛並みに吸い込まれていく。

「だって、苦しんだんだ。ずっとずっと。…だから、もういいよ…」

眠れ。痛む記憶《きおく》の欠片《かけら》たちよ。

お前の心にこれ以上の深い悲しみを、刻むことのないように。

「……帰っておいで…」

高麗神の、最後に示した選択《せんたく》が、心の中に響《ひび》き渡《わた》る。

——その決意に免《めん》じて…

物の怪の体を天に捧《ささ》げるようにして、昌浩は目を閉じた。涙が眦《まなじり》から滑り落ちる。

帰っておいで、帰っておいで。

「謹請《きんせい》し奉《たてまつ》る——」

俺の命を、あげるから。

◆　◆　◆

茫然《ぼうぜん》と立ち竦《すく》む昌浩に、高麗神は告げた。

「もしお前が、いまの騰蛇を望むなら」

屍鬼《しき》を、屍鬼に憑依《ひょうい》された騰蛇を討《う》つと心を定め、そのために自分の心を殺すというなら。

「お前の命と引き換《か》えに、騰蛇を返してやろう」

屍鬼を討ち、灼かれた魂が完全に消えても、心は僅《わず》かに残る。

十二神将は人の想いの具現。お前の心そのものを引き換えにするならば、お前の中にいる騰蛇が立ち戻《もど》る。

だが、そのためにはお前の心すべてが必要だ。そして心は、命と同じものだ。

心を失くせば人は死ぬ。

それでもいいと、お前が心底望むなら。

その命を代償《だいしょう》とするならば、騰蛇はあのままの心で、還《かえ》ってくるだろう――――。

◆　　◆　　◆

物の怪の体が白い光に包まれて、ふわりと浮《う》き上がった。

「……あしきゆめ…いくたびみても身に負わじ…」

――もっくんやーい

願う。

うずくまる寂しい心が、傷つくことのないように。

大好きだった夕焼けの瞳が、痛みで揺《ゆ》れることがないように。

願っている。

あの手が血に染まった光景が、目覚めた彼の心に残っていないように。

いつも差しのべられたあの手が、絶望を摑んで震えることのないように。

願っている。

せめて、あの優《やさ》しい心が、あたたかい心が、これ以上の責め苦を負わないように。

そのために、「昌浩」という命が、彼の心から消えるように。

ひたすらに、痛切に、願っている――――。


物の怪がゆっくりと降りてくる。白い体を包んでいた燐光《りんこう》がゆるやかに消えて、聖なる波動が完全に静まった瞬間《しゅんかん》。

昌浩の体が傾《かし》いで、そのままくずおれた。

投げ出された手は、それきり動かない。

すべての光景をただ見ていることしかできなかった蜥蜴《とかげ》は、震えを帯びた声で唸《うな》った。

『なんという……』

筆架叉《ひっかさ》の刃《やいば》で青龍を制していた勾陣は、やがてそれを帯にしまうと、足を踏《ふ》み出した。

倒《たお》れた昌浩と物の怪のすぐ前まで歩を進め、彼女は無言でふたりを見下ろした。

昨夜、貴船から戻った昌浩は、晴明に言った。

もし、紅蓮が還《かえ》ってこられたら。

――お願いがあります……

軻遇突智の焔《ほのお》は神の命を焼く。だが、異界に騰蛇が再生される前に、自分の命を代償とするなら、紅蓮が戻る。

しかし、戻ったときに姿が見えなかったら、紅蓮は昌浩を捜《さが》すだろう。

そして、すべての記憶を紅蓮が残していたならば、これまで以上に自分を責めて、苛《さいな》んで、血の吹《ふ》き出る心の傷を抱《かか》えたまま、長いときを生きていくことになるのだろう。

――だから、俺のことを、みんなの中から、消してください……

昌浩を知るすべての人たちの心がある。昌浩が消えれば、悲しむ人がたくさんいる。

紅蓮が悲しむ様を見たくない。

彰子が泣く姿を見たくない。

大切な両親や、大好きな兄弟が傷つくのを、見たくない。

自分の勝手な願いでたくさんの人の心が大きく動く。

だが、もし最初から「昌浩」という存在がなかったら？

たとえ消えても、誰《だれ》もその事実を知らない。

はじめから、そんな子どもはいなかった。

大切な人たちの心の中から、彼の存在が失われる。

——それが、俺の願いを叶えるための、代償です…

胸に秘めた様々な感情を昇華《しょうか》して、その目に宿っていたのは静かな輝《かがや》きだけだった。

足音がした。

勾陣は目だけを動かして、近づいてくる人影《ひとかげ》を認めた。

一歩一歩、確かめるような足取りで、倒れた昌浩と物の怪の許《もと》にたどり着くと、晴明は膝《ひざ》をついて眠っているような末の孫を抱《だ》き起こした。

ついこの間産まれたばかりのような気がしていたのに、いま腕《うで》に抱えた子どもは驚《おどろ》くほど大きくなって、自ら辛《つら》い選択をする強い心を持っていた。

晴明は薄《うす》く微笑《びしょう》した。

「……約束は、守る」

都を発《た》つ前に放ってきた無数の式たちは、明日の夜明けの訪《おとず》れとともに、昌浩という子どものことを、人々の心から掻《か》き消してくれるだろう。

最後の最後に自分の袂《たもと》を摑《つか》んだ姿が脳裏《のうり》をよぎった。

幼い頃《ころ》から昌浩は、本当に言いたいことを堪《こら》えるとき、袂を摑んで物言いたげな瞳《ひとみ》を向けてくる子どもだったのだ。

晴明の後ろに控《ひか》えた太陰と玄武は、予想だにしていなかった事態に、どう反応していいのかわからず立ちすくんでいる。

人の心というものは、ときとして神の末席に連なる十二神将の予測をはるかに超《こ》えるほど、強く、あたたかく、そして切ない。

「……でもなぁ、昌浩や」

うつむいて、晴明はひっそりと呟《つぶや》いた。

「じい様は、そんなお願いをきいてやるのは、本当はいやだったよ…」

風の伝えてくる西国の情勢を瞑目《めいもく》して窺《うかが》っていた高龗神は、ふいと目を開けた。

人間の心というものは、ときに神の予測を超える。

何を犠牲《ぎせい》にするか。

それを問いただした神に、あの子どもはしばしの逡巡《しゅんじゅん》ののちに、我と我が身を選ぶと答えたのだ。

理《ことわり》を曲げるには、代償が必要だ。無償で何かを施《ほどこ》してやるには、この一件は重すぎた。

神域の岩にたたずみ腕を組んだ高龗神は、ついと視線を南方に向けた。

「……ああ、心が向けられているな」

何も知らずに、純粋《じゅんすい》で、無垢《むく》で、強い人間の心が。

知らぬがゆえにひたむきに、思いを馳《は》せている。


燈台《とうだい》の灯《あか》りのそばに座っていた彰子は、手にした衣を難しい顔で見下ろしていた。

昌浩が夜警の折にまとう狩衣《かりぎぬ》だ。

普段《ふだん》の昌浩がどんな行動をしているのか彼女は知らないが、帰ってくるたびに衣に穴を開けているから、相当荒《あら》っぽい動きをしているのだろう。

あまりにもひどいものはこっそり隠《かく》していて、露樹に見つからないようにしているのを、彰子は知っていた。

「露樹様は知らないから、心配をかけないようにしているのよね」

だから、これは自分がなんとかしなければいけないと、思う。

昌浩の衣にできた裂《さ》け目《め》。それをなんとか目立たないようにふさいで、露樹の目を逸《そ》らすのだ。

ため息をついて、彰子は横に置いてある衣の山をちらりと見た。

「……隠しておいたって、隠し方が簡単だからすぐに見つかってしまうわ」

現に彰子が見つけてしまったくらいだ。

眉間《みけん》にしわを寄せて、彰子は小さく唸った。縫《ぬ》い物《もの》はある程度母親に教わったし、最近は露樹にも手ほどきを受けている。だが、裂け目を目立たないように繕《つくろ》う、というのは、実は結構難しい。

肩《かた》で息をついて、彼女はふいに微笑《ほほえ》んだ。

「帰ってくるまでにちゃんとできるようになってたら、きっとびっくりするわね」

それで、隠しておいた山のような衣が全部消えていたら、更《さら》に驚くに違《ちが》いない。

先ほど、匂《にお》い袋《ぶくろ》のちぎれた革紐《かわひも》を新しいものと付け替《か》えた。今度は簡単に切れないように、丈夫《じょうぶ》なのを選んだ。

だって昌浩は、飛んだり撥《は》ねたり、衣を破いたり、それはもう暴れ回ってくるから。そのたびに彰子ははらはらさせられて、心配しどおしなのだ。

丁寧《ていねい》に、ひと針ひと針心を込めて、紐を縫いつけた。

怪我《けが》をしませんように。それと、病気になりませんように。元気でいられますように。

自分は何もできないから、せめてもの願いを込めて。

なのに。

彰子の表情が曇《くも》った。

さっきからこんなに胸が重く騒《さわ》ぐのは、なぜなのだろう。

かすかな音を立てて揺《ゆ》らめく炎《ほのお》を見つめて、彰子はひっそりと呟いた。

「昌浩…、怪我なんて、してないといいけど……」

13

守れない約束を、した――。


水のせせらぎが聞こえる。

どこまでもつづく闇《やみ》の彼方《かなた》に目を凝《こ》らして、昌浩は低く唸った。

遠い。随分《ずいぶん》歩いてきたのに、まだまだ行き着かない。

それでもてくてくと歩いていくと、水音が大きくなって、砂利《じゃり》の敷《し》き詰《つ》められたところにたどり着いた。

「……川岸かなぁ…？」

じゃあ、もう少しだ。物語などで伝え聞いていたことは、一応真実であったらしい。

「でも、どうやって渡《わた》るんだろう」

たくさんの石が転がって、ごつごつとして足場の悪い川岸を注意深く進んでいくと、水辺と思《おぼ》しきところに出た。

少し身を乗り出すと、流れる水が仄《ほの》かな灯《あか》りを反射してかすかにきらめく。

「……灯り？」

こんな闇なのに。

不思議だ。

「うーん、納得《なっとく》いかない」

首をひねっていた昌浩に、そのとき後ろから笑《え》みを含《ふく》んだ問いかけがされた。

「なにが、納得がいかないの？」

「え？」

人がいたのか。

振《ふ》り返った昌浩は、岸辺の石に腰《こし》を下ろした人影を認めた。

あんまり暗くて足元ばかり見ていたから、気づかなかったのだ。

腰を下ろしているから昌浩より背丈《せたけ》が低く見えるが、先ほどかけられた声の響《ひび》きから推測して、少なくとも昌浩より十年以上は年嵩《としかさ》だろう。

穏《おだ》やかな声音は高く澄《す》んでいて、なんとなく懐《なつ》かしい感じがする。もちろん初めて聞く声なのだが、優《やさ》しい声というものは、どこか親しみを覚えるものだ。

昌浩が近づいていくと、闇にまぎれて顔はほとんど見えないものの、笑った気配が伝わってきた。

「あらあら、まだ子どもなのね…。どうしてこんなところに来てしまったのかしら」

昌浩はその女性の隣《となり》の石によいしょと腰を下ろした。

ずっと歩きどおしで疲《つか》れていたのか、座り込むと同時に物凄《ものすご》い疲労感《ひろうかん》がのしかかってくる。

疲れたなぁと声に出さずにぼやいて、昌浩は横合いを見た。

「えー、と。あなたはこんなところで、なにをしてらっしゃるんですか？」

「私？」

問われた女性は軽く首を傾《かたむ》げた。

「私は…そうね、人待ちをしているんだわ」

へぇ、と目を丸くして昌浩は辺りを見回した。こんなに暗い場所に女性をひとりで待たせておくなんて、それは少し考えものなのではないだろうかと、ひとごとながら思案してしまう。

「私はいいのよ。好きでやっていることだから。暗いのは少し怖《こわ》いけど、がまんしているの」

それよりも、と彼女は昌浩を見返した。暗いから顔は見えないのに、視線が注がれているのが感じられる。

「あなたはどうしてここに来てしまったの？　まだ、川を渡るには早いでしょう」

眼前を流れる川は、渡る者を選ぶのだ。

よくよく目を凝らして見はるかすと、向こう岸に幾《いく》つかの篝火《かがりび》が灯《とも》っていて、船影が水面に落ちていた。

我ながらよく見えるものだなぁと半ば感心しながら息をついて、昌浩は視線を女性に戻《もど》す。

「ちょっと、早いかなぁとは思ったんだけど、どうしても叶《かな》えたい願いがあって…」

でも、その願いを叶えてしまうと、苦しむ人がいるから。

「俺が川を渡ればすむことだから、独りで来たんです」

うつむいて、昌浩は唇《くちびる》を噛《か》んだ。

心残りがないといえば、きっと嘘《うそ》になるだろう。

約束をした。

最高の陰陽師《おんみょうじ》になると。

約束をした。

夏になったら螢《ほたる》を見に行こうと。

約束をした。

早く大きくなって、お手伝いをしてあげるねと。

たくさんのたくさんの、大切な約束をしたのに。そのすべてを自分は破ってしまったのだ。

「約束破っちゃったから…、すごく、心が痛い」

見も知らぬ人を相手に、顔も見えないどこかの誰《だれ》かに、自分はどうしてこんなことを話しているのだろう。

だが、知らない相手だから、聞き流してくれるのではないかとも思えて、昌浩は心のうちにためていた想《おも》いをようやく言葉にする。

「約束を破ったから。破って悲しい思いをさせるくらいなら、最初から俺のことを知らないことにしてくれないかなぁと思って。俺のじい様、そういうのすごく得意な人だから、頼《たの》んできたんだ」

隣の女性が身じろぎをした。

「……それは……？」

「うん。覚えていると、悲しいのが残るでしょ。だから、みんなの心から俺のこと消してくださいって。……ほかの人には無理だけど、じい様だったらできるから」

そう、と女性は相槌《あいづち》を打った。そして、でも、と首を傾ける。

「そうすると、それをお願いされたおじい様は、どうするの？」

昌浩は目を見開いた。

それは些細《ささい》な問いかけのはずなのに、そこに込《こ》められているものは、想像以上に重い。

息をとめる昌浩の耳に、穏やかな言葉が歌のように流れ込んでくる。

「みんながあなたを忘れているのに、おじい様だけが覚えていて、誰にもそのことを言えないの。………なんだかとても、悲しいことのような気がするのは、私だけ…？」

昌浩の瞳《ひとみ》が大きく揺れた。

「………」

そう、昌浩とて、そのことに気づいていた。

目頭《めがしら》が熱くなって視界がにじむ。こみ上げてきた衝動《しょうどう》を懸命《けんめい》に堪《こら》えて、昌浩は唇を嚙んでうつむいた。

覚悟《かくご》はした。決意もした。でも、心は器用ではないから、やはり痛みを感じる。とても重いものを背負わせたのに、祖父は何も言わずに昌浩の頼みを聞いてくれたのだ。

小さい頃《ころ》からずっとずっとそうやって、普段《ふだん》は憎《にく》たらしいようなことばかりするのに、大事なときには必ず昌浩の心を真っ向から受け留めてくれる。

拳《こぶし》を握《にぎ》り締《し》めて押し黙《だま》った昌浩の頭を、のびてきた細い指がくしゃりと撫《な》でた。

「……………私の、待っている人はね…」

嗚咽《おえつ》が漏《も》れないように歯を食いしばっている昌浩は、黙ったまま視線を向けた。風が冷たい。

涙《なみだ》が伝った頬《ほお》に軽く触《ふ》れて駆《か》け抜《ぬ》ける。

思いを馳《は》せるような口調で、彼女は唇に言葉をのせた。

「ものすごく自分勝手で、頑固《がんこ》で、意固地で、偏屈《へんくつ》で。どうしようもない人なの」

「…………」

昌浩は訝《いぶか》しげに眉《まゆ》を寄せた。そんなどうしようもない相手を、どうして待っているのだろうか。

「どうしようもないと、あなたも思うでしょう？　でもね、私が約束をしたのに、それを破ってしまったから…」

ずっとそばにいると。何があっても、心を寄り添《そ》わせていると。

「先にここに来てしまったから、せめて川を渡らないでいようと、思ったの。だってあの人、我《わ》が儘《まま》でどうしようもないのよ。あんなに我が儘なのに愛想《あいそ》が尽《つ》きないのは、どうしてなのかしらね」

くすくすと楽しそうに笑って、彼女は昌浩を顧《かえり》みた。

「どうしようもないのに、それでも愛《いと》しいと思うの。……ものすごく繊細《せんさい》で寂《さび》しがり屋で、それをおもてに出せない不器用な人だから」

だから、待っている。

「きっとあの人は、追いついて私を見つけたら、ものすごく怒《おこ》るのよ。どうして先にいったのか、…てね。ほんとに、我が儘でどうしようもないでしょう?」

半ば呆《あき》れたような口調の中に、深い愛情が見え隠《かく》れする。

そして昌浩は、そんなふうに語られる性格の人物を、ひとりだけ知っていた。

「……あなたは…誰ですか…?」

女性は笑んだまま昌浩を見つめている。だんだん闇《やみ》に目が慣れてきた。

穏やかに笑っている口元の輪郭《りんかく》が見える。だが、目許《めもと》は影《かげ》に隠れていて判然としない。

彼女は昌浩がたどって来た方向を顧みた。どこまでもつづく闇の彼方《かなた》に、ぼんやりと光が灯っている。

「……あら、やっぱりあなたはここに来るのが早すぎたみたいだわ」

ふいに振《ふ》り返って、彼女は昌浩の懐《ふところ》を指した。

「ほら、大事なものが入っているのに、あなた気づいていないでしょう」

「え?」

思わず懐を探《さぐ》った昌浩は、そこにあるはずのないものを見つけた。

革紐《かわひも》のついた匂《にお》い袋《ぶくろ》だ。確かに置いてきたはずだったのに。それによく見ると、革紐が自分の記憶《きおく》しているものよりも、新しいような気がする。

わけがわからず混乱している昌浩に、女性は穏《おだ》やかに言い聞かせる。

「その心は、いつもあなたを想っているのね。……全部、置き去りにしてしまうの？」

匂い袋を握り締めたまま、昌浩は無言で肩《かた》を震《ふる》わせた。固く閉じた瞼《まぶた》の間から、熱い涙があふれていく。

あたたかい腕《うで》が昌浩を包んだ。

「ばかね…。子どもはそんなふうに、声を殺して泣くものではないわ。まったくもう、こんな子どもに辛《つら》いことを強《し》いて…」

あやすように子どもの背を叩《たた》きながら、彼女は遥《はる》かな彼方を指差した。

「さぁ、お帰りなさい。私はもう少しここにいるけれど」

だが、昌浩は首を振った。

「…もう、動けない。疲れて…」

辛くて、どうしようもなくて。

大丈夫《だいじょうぶ》よと、声がした。

「私が背を押してあげるから。だから、……お前は帰りなさい、昌浩」

昌浩ははっとした。促《うなが》されるままに立ち上がって、すぐ隣《となり》にあるその人の顔を見つめる。

初めて見る、だがどこか見覚えのある優しい笑顔がそこにあった。

「あなたは…」

背中をとんと押される。急に水音が遠のいた。

穏やかな声が、耳の奥にかすかに届く。

「私？　若菜と、いうのよ……」

最後に見たその人の面差《おもざ》しは。

水鏡の向こうに映る自分のものと、とてもよく似ていた――。

◆

◆

◆

じっとうつむいていた晴明は、ふいに目を見開いて顔を上げた。

かすかな風が晴明を抱《だ》きしめるように吹《ふ》き抜ける。

去り際《ぎわ》の風の中に、晴明はありえないはずの気配を感じた。

「……若菜…？」

何十年も前に病で逝《い》ってしまった妻の、どこまでも深く優しい想いに酷似《こくじ》した風――。

茫然《ぼうぜん》とした晴明の耳に、驚愕《きょうがく》した玄武の声が突《つ》き刺《さ》さる。

「晴明、昌浩が……！」

弾《はじ》かれたように視線を向けると、とうに息絶えていたはずの子どもの瞼が、ほんのかすかにだが震えた。

死の影が薄《うす》れて頬に赤みが差していく。

晴明はこみ上げてきた熱いものを堪えながら、末の孫を掻《か》き抱《いだ》いた。

「――……！」

晴明の後ろで、思わず座り込んだ太陰が顔をくしゃくしゃにしている。それを玄武が必死でなだめる横で、不機嫌《ふきげん》そうな青龍が舌打ちし、姿を消した。

それらを黙然《もくぜん》と眺《なが》めていた勾陣は、物《もの》の怪《け》の前足がぴくりと動いたのを視界のすみで捉《とら》えた。

手をのばして物の怪を抱き上げる。

やや置いて、瞼が薄く開かれた。まだ焦点《しょうてん》の合わない瞳がかろうじて勾陣を見上げる。

「……勾《こう》……？」

かすれた呟《つぶや》きを残して、物の怪は再び瞼を落とした。

その体に、ぬくもりが戻《もど》っている。

勾陣は息をつき、僅《わず》かに目を細めた。

「戯《たわ》けもの。……あまり、心配をかけるな」

――異界。

驚《おどろ》くほど長いときが、経過しているように思われた。

ずっと微動《びどう》だにしなかった朱雀は、ふいに目を開く。

腕の中に抱いた細い体が僅かに身じろいで、小さなうめきが色を失くした薄い唇《くちびる》からこぼれる。

息をひそめて朱雀が様子を見守る中、死の影と戦いつづけていた天一は、ようやく重い瞼を開いた。

しばらくの間、宛《あ》てなく彷徨《さまよ》っていた瞳が、朱雀を認めて輝《かがや》きを取り戻す。

「……朱雀……」

まだ力の戻らない手を、それでも必死にのばしてくる天一を、朱雀は固く抱き締めて、全身で息を吐《は》き出した。

夜も更《ふ》け、子《ね》の刻が近くなった頃《ころ》、晴明は自室から出て簀子《すのこ》に腰《こし》を下ろしていた。

疲れた顔で思案している風情《ふぜい》なのを見た彰子は、声をかけるか否《いな》か逡巡《しゅんじゅん》する。

その姿に晴明のほうが気づき、視線を向けてきた。

「彰子様、どうされましたか？」

「あ、いえ、その…」

言い差して、彰子はそろそろと移動し晴明の傍《かたわ》らに座る。

「……少し、お願いしたいことがあったのです。でも、お疲れの御《ご》様子なので…」

「ほかならぬ彰子様のお頼《たの》みとあれば、この晴明、聞かぬわけには参りません」

彰子は慌《あわ》てて首を振る。

「いいえっ。そんなに急いでいるわけではないので。……昌浩はどうしているかと心配になってしまったので、つい」

言ってしまってから、急に恥《は》ずかしさを覚えて、彰子はうつむいた。耳まで熱い。

そんな彰子の可愛《かわい》い仕草に目を細めていた晴明は、彼女を安堵《あんど》させるように言った。

「心配することはありません。あれは元気です」

顔を上げて、彰子は明らかにほっとしたようだった。

「そうですか、なら…いいです」

おやすみなさい、と、丁寧《ていねい》に頭を下げて、彰子は自分の部屋に戻っていく。

安倍の邸《やしき》は、その身分にしては相当に広いので、晴明の自室は家族の私室とは少し離《はな》れているのだった。

目を閉じて、一度拍手《かしわで》を打つ。しばらく待っていると、無数の式が四方八方から駆《か》けつけてきた。それは次々に晴明の手元に飛び込んでくると、動物から中央に模様の書かれた紙片に姿を変える。

夕刻に放ったすべての式が戻ってきたのを確認《かくにん》すると、彼は紙片を軽く握《にぎ》りつぶした。明日にでも、火を焚《た》いてくべてしまおう。

晴明は一息ついて、月のない星空を仰《あお》ぎ見た。

神の予測も、禍《まが》ものの思惑《おもわく》もすべて超《こ》えて、昌浩は戻ってきた。

だが、その代償《だいしょう》は大きい。

「どうせなら…」

晴明は瞑目《めいもく》してひとりごちた。

「痛みの心も全部、お前が持っていってくれればよかったのになぁ」

まぁあなた、またそんな我《わ》が儘《まま》を言って、と。

半ば呆《あき》れたように笑う声が、耳の奥で聞こえた気がした。

14

夜の闇《やみ》に閉《と》ざされた出雲の山中を、十二神将たちが疾走《しっそう》していた。

「確か、この辺りだったわよね…」

闇の中でも、神将たちの目は、昼間と同じように見とおす力を持っている。

「そのはずだ。それに、六合の力の残滓《ざんし》が残っている」

頷《うなず》く玄武の傍らで、厳しい表情の六合が唇を嚙《か》んでいた。

風音の亡骸《なきがら》が、消えている。

草の上に降り立った太陰は、なぎ倒《たお》された木々をざっと睨《にら》んだ。

「間違《まちが》いないわ、絶対この辺よ」

振《ふ》り返って、太陰は六合に詰《つ》め寄った。

「確かに結界を張ったのね？」

「ああ」

獣《けもの》に持ち去られたり、取り逃《のが》した化け物が手を出したりできないように、彼女を守るための障壁《しょうへき》を築いたのだ。

だが、それは霧散《むさん》し、亡骸は見つからない。

玄武が眉《まゆ》を寄せた。

「誰《だれ》が結界をといたのか…」

玄武の結界ほど強くはないとしても、十二神将の力で成された障壁を破るには、凄《すさ》まじい力の主か、それを相殺させられるだけの術を使える者でなければならない。

ざわざわと竹を打ち鳴らすような音が風に乗って近づいてくる。

視線をめぐらせる三人の前に、道反の守護妖《よう》たる百足が現《むか》れ《で》た。

百足は六合の前で立ち止まると、身を起こした。

『我らが姫《ひめ》の御身《おんみ》は、先だって聖域にお運びした』

「あんただったの⁉」

喚《わめ》く太陰を黙殺《もくさつ》し、百足は六合を見下ろす。

『道反《ちがえし》の巫女《みこ》より、十二神将六合にこれを』

百足の眼前に仄《ほの》かな燐光《りんこう》が生じる。それは六合の目線に降下して、紅《あか》いきらめきとなった。

『貴殿《きでん》に持っていてほしいとの仰《おお》せだ』

六合の瞳《ひとみ》が一瞬《いっしゅん》揺れる。

手のひらに落とされた勾玉《まがたま》を握り締《し》めて、六合は目を伏《ふ》せた。

百足の言葉を晴明に報《しら》せるため、太陰は一旦《いったん》都に戻った。だが、先に帰京している白虎と連《れん》携《けい》して互《たが》いの状況《じょうきょう》を連絡《れんらく》するために、じきに引き返してくる予定だった。

玄武と六合、そして勾陣は、力を使い果たして昏々《こんこん》と眠《ねむ》る昌浩の護衛として出雲に留まっている。


山中に結ばれた小さな庵《いおり》。一同は、そこに昌浩を運び込んだ。

昌浩は陰陽寮《おんみょうりょう》から、正式に出雲派遣《はけん》の任をくだされている。いま都に戻るわけにはいかず、遅《おく》れてやってくる成親が追いつくまで、里に下りることもできない。

この庵は、ずっと昔に瀕死《ひんし》の晴明が、やはり運び込まれた場所だった。あのときは冬で雪に包まれていた。だいぶ歳月がすぎているからまだ建っているかどうか怪《あや》しかったのだが、幸いなことに残っていた。

里からかなり離れているものの、時折誰かがやってくるのか、比較的《ひかくてき》整えられた庵なので、風が吹《ふ》き込むこともなく静かだ。静養するにはうってつけの場所だった。

六合と玄武は隠形《おんぎょう》し、昌浩のすぐ傍らに座している。

一方、庵の簀子に勾陣と物の怪は並んで腰を下ろしていた。勾陣は足を組み、膝《ひざ》に肘《ひじ》をついて物の怪を斜《はす》に見下ろしている。対する物の怪は、動物のように前足を立てて後ろ足を折り、うつむき加減だった。

しばらく沈黙《ちんもく》していた物の怪は、不機嫌《ふきげん》そうに目を細めた。

「――――勾よ」

抑揚《よくよう》に欠ける声音を受け、勾陣は目をしばたたかせる。

物の怪は剣呑《けんのん》な目で勾陣を眺《なが》めやった。

「俺は、なぜこんな姿をしている」

その答えは誰も知らず、騰蛇の中だけにあるものだった。

だから勾陣は短く返した。

「晴明の、命令だ」

「ではなぜ、こんな場所にいる」

「……それも、晴明の命令だな」

応えがあるまで、間があった。物の怪は険しい眼光でひとしきり勾陣を睥睨《へいげい》したあと、背後を振り返った。

開かれた妻戸の向こう側。筵《むしろ》の上に衣《ころも》を重ねて、そこに力なく横たわっている子どもがいる。

しばらくその子を見ていた物の怪は、勾陣に視線を戻《もど》し、低く尋《たず》ねた。

「では、あれは誰だ？」

「あれは…」

勾陣は言い差し、しばしの思案ののちにこう告げた。

「……晴明の、孫だよ」

物の怪は訝《いぶか》しげな様子で眉根《まゆね》を寄せる。もう一度子どもに視線を向け、胡乱《うろん》げに呟《つぶや》いた。

「晴明の、孫……？」

◆　◆　◆

闇の中だ。

昌浩は辺りを見回した。

この闇を、知っている。

心臓が早鐘《はやがね》を打った。

早く、早く探さなければ。

必死で目を凝《こ》らしていた昌浩は、向こうに歩いていこうとしている白い姿を見つけた。

「もっくん！」

昌浩は懸命《けんめい》に駆け出した。が、見えない壁《かべ》に阻《はば》まれて、近づくことができない。

「もっくん、もっくん！　もっくん、行くな！」

頼《たの》むから、頼むから。

見えない壁を必死で叩《たた》いて、声の限りに呼びつづけて。
「もっ…、紅蓮――――!」
と。
物の怪が、足を止めた。昌浩は涙《なみだ》のにじんだ目を見開く。
のろのろと、物の怪がこちらを振り返った。そして昌浩を見返してくる。
だが、夕焼けの瞳には、なんの感情も映らない。
昌浩は拳《こぶし》を握《にぎ》り締めた。
それでも。
それでも――――。

◆　◆　◆

はっと目を開けた昌浩は、慌《あわ》てて周りを見回した。
暗い。夜明けはまだ遠いのだろう、まったくの闇だ。

叫《さけ》びそうになるのを懸命に堪《こら》えて、昌浩は視線を走らせる。

「…………!」

やがて、少し離《はな》れた場所で、猫《ねこ》のように丸くなっている白い物の怪の姿を見つけた。

交差させた前足におとがいをのせている。

まるで大きな猫か、小さな犬ほどの体軀《たいく》。白い毛並みが全身を包み、長い耳は後ろに流れる。

四肢《しし》の先に具《そな》わった赤い爪《つめ》は五本。額には花のような紅い模様がある。

そして。

閉じられた瞼《まぶた》の下には、夕焼けの色をした、大きな瞳が隠されているのだ。

昌浩は、闇《やみ》の中で眠る物の怪を見つめた。

瞬《まばた》きをすると、眦《まなじり》に涙が伝い落ちていく。

天井《てんじょう》を仰《あお》いで、昌浩は掛布《かけふ》代わりの衣を握り締めた。

息をひそめて目を閉じる。熱いものが眦からこぼれるのに気づかぬふりをして、彼は懸命に堪えた。

「……どうしても…」

ひっそりと呟いて、唇《くちびる》を嚙《か》む。

すぐそこに、物の怪がいる。
あの白い、小さな変わらぬ姿のままで。

どんな代償《だいしょう》を払《はら》ってでも。それでも。
この先、何が待ち受けているのだとしても。
ただ、失うことだけは、どうしてもいやだった。

あとがき

（――――エーックス）

新型肺炎《はいえん》SARSが世界規模で猛威《もうい》をふるっていた春の夜、ひとりの作家が倒《たお》れ臥《ふ》し動けなくなっていた。病名は、風邪《かぜ》。日ごろの不摂生《ふせっせい》を、深く悔《く》やんでいた。すぐさま体調が元通りになるわけはない。迫《せま》りくる〆切《しめきり》、刻一刻と無情に流れていく時間。そのとき、友人の激励《げきれい》と担当の発破が、作家を奮い立たせ奇跡《きせき》を呼んだ――――（田口トモロヲ調でどうぞ）。

ダンッ、ダダンダンッ、ダンッ、ダダンダンッ♪

「――――今夜のプロジェクトX～挑戦者たち～は、〆切を前にして死力を尽《つ》くしたひとりの作家の、壮絶《そうぜつ》な戦いの物語です…」

なーんてネタが頭の中で延々流れてしまう、今回の〆切でした。不摂生はいけません。

おひさしぶりです、こんにちは。皆様《みなさま》いかがお過ごしでしょうか、結城光流です。

「少年陰陽師」、おかげさまで第七巻です。

よく問い合わせをいただくのですが、基本的にこのシリーズは、六、七巻だけ前後編の様相を呈《てい》しているものの、基本は一話完結です。どこから読んでも大丈夫《だいじょうぶ》ですので、気に入ったらほかも読んでみてくださいね♪

前回あんなところで終わったために、予想通り大多数の方から「結城光流、なんてひどい奴《やつ》だ！」と散々バトウされました（わーっはっはっはっはっ、と悪人笑いでもしたほうが悪役らしくていいんではなかろうか、とN﨑さんに提案したところ、あっさり却下《きゃっか》されました…）。

そしてつづきがこんな展開になったので、大多数の方には「結城光流、鬼悪魔《おにあくま》！」と言われるだろうなぁと、これまた予想していたり。でもお手柔《てやわ》らかにお願いします。心が痛むんだよママン…（泣笑）。

さて、恒例《こうれい》。

六巻で敵の手に落ちた我らが物《もの》の怪《け》のもっくん（含《ふく》む紅蓮）、トップを死守です。すごいなぁ。もっくんは絶対に帰ってくる、と信じていた皆さん、ちゃんと帰ってきましたね♪

二位、悲壮《ひそう》な決断をした安倍昌浩。死にかけ街道《かいどう》を突《つ》っ走っている昌浩ですが、きっと昌浩がなんとかしてくれる、というもっくんファンの声援《せいえん》もゲットしていました。

三番手、惚《ほ》れた女が絡《から》むと人が変わる六合の旦那《だんな》。旦那と風音に関しては、N﨑さんをして「六合がここまでやるとは…」と言わしめました。構わずに行け、旦那！（笑）

このあとに、初登場勾陣姐《ねえ》さんが食い込み、風音、青龍、太陰、玄武、朱雀、とつづいていきます。そして、意外にもとっしーの人気急上昇《じょうしょう》中。ほらね、いい奴でしょ？（笑）

基本的に手紙でいただく「××が好き！」を一票として数えているのですが、最近のトップスリーは変動なしですね。いつもありがとう。楽しく読ませていただいております。

ここで、お詫《わ》びしなければならないことが。いままで、返信用封筒《ふうとう》を同封してくれた方にはお返事ペーパーを発送していたのですが、数が増えて対処しきれなくなってきたので、この文庫以降、取りやめることになりました。本当にごめんなさい。

ファンレターはやっぱり書く上での活力なので、いただけるとすごく嬉《うれ》しいです。でも、80円切手や切手つき封筒は、いただいてしまうのが心苦しいので、これからは入れないでね。

さて、次の少年陰陽師ですが。なんとびっくり、二ヵ月後の十月に出ちゃうそうです。しかも、初の番外編（ひゃっほう！）。気になる内容はといいますと。

まず、一番最初のプロトタイプ少年陰陽師「陰陽師は13歳⁉」を、現在の設定で完全リメイクしてお届け。問い合わせも多かった、昌浩と物の怪出会い編です。

そして、去年秋に発行された雑誌「The Beans」に掲載《けいさい》された「朧《おぼろ》の轍《わだち》をたどれ」。

更《さら》に、完全書き下ろし番外編を二本も収録してしまうという太っ腹ぶり！　すごいなー、書くのは誰《だれ》だ、え、私？　……かぜのなかのすーばーるー♪

「地上の星」ならぬ「地上の流れ星」にならないように頑張《がんば》ります……。

「風音編」は一息つきましたが、少年陰陽師はまだまだつづきます（多分）。皆様の応援があれば！（これホント）

というわけで、次は十月にお会いしましょう〜（エンディングテーマは「ヘッドライト・テールライト」で）。

結　城　光　流

結城光流公式サイト「狭霧殿《さぎりでん》」http://www5e.biglobe.ne.jp/~sagiri/

「少年陰陽師　焔の刃を研ぎ澄ませ」の感想をお寄せください。
おたよりのあて先
〒102-8078　東京都千代田区富士見2-13-3
角川書店アニメ・コミック事業部ビーンズ文庫編集部気付
「結城光流」先生・「あさぎ桜」先生
また、編集部へのご意見ご希望は、同じ住所で「ビーンズ文庫編集部」
までお寄せください。

少年陰陽師《しょうねんおんみょうじ》
焔《ほのお》の刃《やいば》を研《と》ぎ澄《す》ませ
結《ゆう》城《き》光《みつ》流《る》

角川ビーンズ文庫　BB16-9　13036

平成15年8月1日　初版発行

発行者――井上伸一郎
発行所――株式会社角川書店
東京都千代田区富士見2-13-3
電話／編集（03）3238-8506
営業（03）3238-8521
〒102-8177　振替00130-9-195208
印刷所――暁印刷　製本所――コオトブックライン
装幀者――micro fish

ISBN4-04-441611-7 C0193 定価はカバーに明記してあります。